SUCCUBUS　原作
七海友香　著
如月水&大泉だいさく　原画

PARADIGM　NOVELS 151

登場人物

明条《みょうじょう》 楓《かえで》 陽介の同級生。孤児院出身者をばかにしたような発言をする。口は悪いが親しくなれば意外と親切。

天乃川《あまのがわ》 小麦《こむぎ》 頼りなく見えるが実はしっかり者の雪の妹。面倒見がよくて優しい。しかし気が弱いところも…。

天乃川《あまのがわ》 雪《ゆき》 陽介の同級生。同じ孤児院で育ったために、ついつい陽介の世話をやいてしまう。小麦の姉でもある。

宇宙海《うつみ》 陽介《ようすけ》

執事候補生だが、あんまりマジメに授業は受けていない。現在は女子寮の一室に居住している。シャイで優しい性格。

星《ほし》 萌之丞《もえのじょう》 料理人を志し、学食の手伝いをしている。数少ない男子生徒のひとり。陽介の親友で、よき相談相手。

南十字《みなみじゅうじ》 若葉《わかば》 天然ボケだが、あたたかいお姉さん的な存在。孤児院出身で現在は陽介のクラス担任でもある。

リリィ スバル 小麦の同級生で、外国から留学してきた。事故で両親と、視力を失っている。心霊現象に詳しい。

第二章　楓

第四章　若葉

第五章　雪

目次

プロローグ

まどろんだ光の中にあるのは懐かしい景色。

十字架の袂《たもと》で小さな少女が泣いていた。

ずいぶんと古ぼけた教会だった。細かな埃《ほこり》が雪のように舞っている。

(確か……あの時は夜だったような……)

そう思うと、まわりがぼんやりと暗くなった。

泣いている少女のまわりだけが、ぼうっと光っている。

少女が泣いているのは自分のせいだという気がしてならなかった。

(あれ？　俺《おれ》が泣かしたんだっけ？)

何があってこの子は泣いているんだろう。

思い返して視線を礼拝堂の奥、十字架の壁のほうに向けてみれば、目の前にいたはずの少女が屋根へと伝う梯《はし》子《ご》に足をかけているところだった。

ゆっくりと少女の姿が光に溶けていく。

しかしその時、ぐらりと少女の体がゆれた。

「危ない！」

プロローグ

慌てて少女を抱き起こした。

『よう……すけ……』

腕の中の少女は泣いていた。

(そうか。助けられなかったんだ俺……)

「大丈夫か、雪《ゆき》」

少女に声をかけた。

『よう……すけ……』

別のところから名前を呼ぶ声がする。

「ごめん、もっと早くに気づいてたら……」

『よう……すけ……ったら……』

その瞬間、後頭部にバシンという強い衝撃を受けた。

「いてえっ!」

「宇宙海陽介《うつみようすけ》さん」

聞き覚えのとてもある声だった。

「宇宙海陽介さん」

頭を押さえながらそろりと顔を上げると、出席簿を抱えた老齢の女が立っていた。

どうやらあの出席簿で頭を叩《たた》かれたらしい。陽介はようやく自分の状況を把握した。

「げっ！」

「ごきげんよう」

老婆はにこりと笑った。礼儀作法の教師である銀河園子《ぎんがそのこ》だった。

「ご、ごきげんよう」

陽介は苦笑いしながら答えた。

「今は何の時間なのかご存知？」

園子の眼鏡《めがね》の奥の瞳《ひとみ》がきらりと光った。

「仕事中に居眠りをするバトラーなどおりませんよ」

「う……」

陽介は言葉に詰まった。

「だいたいですね……日頃《ひごろ》から貴方《あなた》の態度というのは……」

園子の長い長い教育的指導が始まった。

陽介は自嘲《じちょう》気味に愛想笑いを浮かばせながらそれを聞いていた。

園子は独身の老教師だ。

世の中のいっさいの穢《けが》れを認めず、また穢れるものはすべて浄化してしまわないと気が済まない。

そんな空気が園子の周囲にいつも立ちこめている。

プロローグ

この学校の理事長でさえ、園子を前にすると居住まいを正してしまうほどだった。

しかし、園子の声が子守唄《こもりうた》のように聞こえてくるまでには、それほど時間はかからなかった。

陽介の睡眠に対する欲求は、園子への恐怖心に打ち勝ってしまった。

「聞いているんですか？　宇宙海陽介さん」

ほんの少しうとうとしかけただけだった。

しかしそれを園子が見逃すはずもない。

「わたくしのお話がそれほど退屈でしたのかしら？」

「い、いえ……そんなことは……」

愛想笑いで最後の抵抗を試みてみる。

しかし、そんな抵抗も無惨に打ち砕かれた。

「よろしいでしょう。眠気が覚めるまで廊下に立っていらっしゃい」

園子はぴしりと言い放った。

背後から小さなため息が聞こえる。

「せっかく起こしてあげたのに」

斜め後ろの席から小声でそう言ったのは、天乃川《あまのがわ》雪。陽介の幼なじみだった。

「ちぇっ。どうせならもっとちゃんと起こせよ」

陽介はそろそろと席を立ちながら呟《つぶや》いた。

その声に振り返ってみれば、雪は舌を出して顔をしかめている。

「ばーか」

(ちぇっ！　雪のやつもあの頃はまだ可愛《かわい》げがあったのにな)

陽介は先ほど見ていた夢を少し思い出しながら思う。

雪と陽介は同じ孤児院の出身だった。

メイドの高等教育機関・聖シリウス教育福祉学校。

その中で唯一の男子学生であり、バトラー候補生。それが宇宙海陽介だった。

見渡す限り女だらけの教室。ひそひそとした笑い声を背に、陽介は廊下に向かった。

(またあの夢を見ちまったんだな……)

それはまだ二人が幼かった頃の話。

陽介は時々、思い出したようにこの夢を見る。

普段から気の強かった雪が泣いたのを見たのは、後にも先にもあの時だけだったかもしれない。

第一章　幼なじみの鉄則

「ほんとに馬鹿《ばか》ねえ。園子先生の授業で寝るなんて」

雪は机《つくえ》に突っ伏す陽介を見て笑った。

「眠いモンは仕方ねえだろ」

陽介はじんじんと痛む腕を振った。

あれから陽介は一時間以上も両手にバケツを持ったまま立たされていたのだ。

せっかくの執事服をモチーフにした制服も台無しだ、と雪は思った。

これは初の男子学生である陽介のために特別に新調されたもので、ぴしりと胸でも張っていれば、それ相応に見栄えがするはずだった。

女生徒の制服は、雪たちの専門部はブルーを基調に、入門部はピンクを基調にメイドのエプロンドレスを模したものだ。

雪は結構、この制服を気に入っているし、他《ほか》のメイド学校の生徒たちからの評判もいい。

中には制服でこの学校を選んだ、という生徒も少なくはないだろう。

「お兄ちゃん、また立たされたですか？」

陽介が顔を上げると、雪の妹――天乃川小麦《こむぎ》が、呆《あき》れ顔で立っていた。彼女は入門部の二年生。校舎の違う専門部の教室へも、しょっちゅう訪ねてくる。

「あのさあ、小麦ちゃん」

「なんですか？」

小麦は大きな目をくるりと開いた。

「どうして俺《おれ》が立たされたって知ってるわけ？」

「お姉ちゃんから聞きましたです」

「雪！　てめえ！」

「あーら。バトラーがそんな言葉づかいしてもいいの？」

「うるせえ！」

「やめてくださいです！　居眠りをしていたお兄ちゃんがぜんぶ悪いです。このままじゃ、本当に単位が取れませんですよ」

「そーよ。あたしだってあんたのこと心配して言ってるんじゃない」

「面白がってるだけだろお前は～！」

「だからもうやめてくださいです～」

激しい口論をはじめた二人の間で、小麦はどうしていいか分からずにおろおろしていた。

「ほんと。仲のいいこと」

嘲笑《ちょうしょう》混じりのその声が、二人の言い争いをぴたりと止《や》めた。

それは明条楓《みょうじょうかえで》という陽介のクラスメートだった。

「だって孤児院仲間でしょ」

楓の取り巻きたちが一斉に笑いを漏らした。

「そういうの、すごく目障りなのよね。孤児同士の家族ごっこ？　まあ分からないでもないけれど。弱者は仲間を作りたがるのよね」

楓の言葉に、堪《こら》えきれなくなった取り巻きたちが声を立てて笑った。

「お前らいい加減にしろ！」

陽介が声を荒らげても、彼女たちの嘲笑は収まらない。

「どうせ本当の家族でもないくせに。ずっとそうやってごっこ遊びをやってればいいんだわ」

そういうと、楓は取り巻きたちを連れて立ち去った。

陽介たちはこの学校に併設された孤児院の出身だ。

その孤児院出身者たちを、楓はことあるごとに蔑《さげす》む。

楓の家は裕福らしく、孤児である陽介たちを見下すには十分な要素がそろっていた。

「放っておけばいいのよ。あたしたちが孤児だっていうのは事実だし。でも別に悪いことしてるわけじゃないもん」

雪はけろりとした顔で言った。

「小麦もね。気にしちゃ駄目よ」

「はい。大丈夫です」

小麦の返事を確認すると、雪は陽介に向き直った。

「陽介も！」

「なんで俺にはそう脅すように言うんだ？」

「だってあんたが一番血の気が多そうだもん」

「何だと～！」

「ほらね」

「もう～！　喧嘩《けんか》しちゃ駄目です～！」

小麦は二人の間に割ってはいると、本気で怒ったように頬《ほお》を膨らませた。

「ご、ごめん小麦ちゃん」

「分かったわよ小麦、ごめんね……」

「分かってくれたらそれでいいです」

小麦はにこりと微笑《ほほえ》んだ。

「小麦ちゃんが本気で怒ると雪よりも怖《こわ》いからな……」

ぼそりと呟《つぶや》いた陽介に、小麦は微笑んだまま首を傾《かし》げてみせた。

「お兄ちゃん……何か言いましたですか？」

「いえ、なんにも……」


雪も陽介も小麦も、学校の隣にある孤児院で育った。

幼い頃《ころ》からずっと一緒だったから、確かに楓の言うとおり、家族のようなものであることも事実だ。

けれども、別に慰めあっているわけでもなく、一緒にいることがいつの間にか当たり前になっていただけのことだ。

この学校では孤児院出身者たちの学費は全額免除される。

生徒の割合は、楓のような一般の入学者が半分、孤児院出身者たちが残りの半分。一般入学者たちの中には、楓のように花嫁修業の一環としてこの学校で学ぶものも少なくはない。

陽介は高校を中退してから一度孤児院を飛び出したことがあった。

特別、孤児院で嫌なことがあったというわけではなかったが、些細《ささい》な好奇心と養われているという負い目が、無謀な行動を起こさせたのかもしれない。

そんな勢いだけで飛び出した状況では、定職につけるはずもなく、ましてや自立した生活を送ることなどできるはずもなかった。

職を転々とし、しまいにはアパートも家賃滞納で追い出された。

住む家もなく街を徘徊《はいかい》していた陽介は、偶然にもこの学校の理事長に出会った。彼は孤児院の出資者でもある。

ちょうど、ガラの悪い連中に、有り金をすべて奪われた後のことだった。

理事長は陽介にこの学校への編入を勧めた。

勧めた、というよりも頼まれた、といった方が正しいかもしれない。

理事長が言うには、現在メイド育成の専門校であるこの学校に、新しくバトラーを養成する男子部を創設する予定があるという。そのカリキュラムやシステムの構築のために、陽介に協力して欲しいということだったのだ。

英国のカリキュラムをそのまま取り入れても、うまくいくとは限らない。

そこで、そのテストケースを知るために、陽介は現在のメイド学校へ編入することとなった、というわけである。

陽介はあくまでも、理事長の手助けのつもりであることを忘れない。

たとえそれが、行き場をなくした陽介に対する助けの手段だったとしても、憐《あわ》れみを受けたなどとは思われたくはなかったからだ。

はじめは物珍しさもあって女だらけの学校生活を楽しみにしていた部分もあった。

しかし、実際には肩身の狭い思いを強いられるばかりの日々が続いている。それは少し計算違いだった。

一番やっかいなのが、住む場所である。男子寮がないので陽介は特別に学校に併設された女子寮に住んでいる。

学校でも寮に戻ってからも、好奇な目で見られたり、逆にひどく警戒されたりというのは、あまり気分のよいものではない。

そんなことを考えながら、陽介は階段を駆け下りる。

全館ガラス張りの校舎は明るく開放的で、一階の廊下は裏庭に面している。

夏の名残の緑が、とても鮮やかだった。

階段を下りるとすぐに食堂の入り口がある。

ここには陽介の幼なじみで同じ孤児院出身の星萌之丞《ほしもえのじょう》がいる。進学はせずにコックをめざしている彼は、現在この食堂で修業中の身だ。

もう営業時間の終わった食堂は、生徒の姿もほとんどない。

食堂とはいってても中は開放感あふれるカフェテリア風の造りで洒落《しゃれ》ている。和洋中を問わずメニューが豊富で、陽介の昼食もたいがいここの世話になっている。

「萌、いるか？」

厨房《ちゅうぼう》に向かって呼びかけると、フライパンを抱えたままの格好で萌之丞が現れた。

ファニーフェイスで年齢を感じさせない少年のような風貌《ふうぼう》。

これが意外に女生徒たちにウケがいいらしい。

「陽介くん、また立たされたんだって？」

「なんでお前まで知ってるんだよ」

「小麦ちゃんに聞いちゃったよ」

同じ孤児院出身者同士の情報網は意外にあなどれない、と陽介は思った。

「で、どうしたの？」

「そっけない言い方だな。せっかく校内で少ない男同士なんだから、もっと仲良くしようぜ」

「陽介くんがそういう言い方をする時って絶対何かあるんだよね」

「バレたか」

「はいはい。で、何なの？」

「実は俺、腹減っててさ」

「何か作ってくれっていうのは今日は駄目だよ。さっき料理の練習するのに残ってた材料ぜんぶ使っちゃったからね」

　がくっと陽介は厨房の棚に突っ伏した。

「寮でも夕食でるんでしょ？　今日は早く帰ったら？」

　萌之丞はにっこりと笑った。

　萌之丞は意外にしっかり者だ。見た目は頼りなさそうに見えがちなのだが、しっかり者、というよりはちゃっかりしているのかもしれない。

　口では萌之丞には勝てない、と密《ひそ》かに陽介は思っている。

　萌之丞が作るまかない用の食事への期待は、あまりにもあっさりと裏切られ、陽介は食堂を後にした。

女子生徒たちは廊下を歩くにも、きゃあきゃあとかしましい。

そんな相手もいない陽介のひがみかもしれないが、メイドの候補生なんだから、もうすこししおらしくできないものかと思う。

もっとも、本人たちを前にしては、そんなことを口にするのも恐ろしいのだが。

そんな陽介にも、唯一、憩《いこ》える場所があった。

それが男性保健医が常駐する保健室だった。

一階の廊下を曲がった奥にその保健室はある。

保健医は影月聖哉《かげつきせいや》という。

端正な容貌と優しい性格のためか、女生徒からの人気を集めていた。

陽介は影月に湿布薬をもらうために保健室を訪れた。まだ腕は痺《しび》れるように痛んだ。もらった湿布を自分で腕に貼《は》りながら、陽介はしみじみと言った。

「女ばかりの園、そこが楽園なんてのは幻想だってことがよーく分かったよ」

ここは陽介の隠れ家のようなもので、授業を抜け出しては時間を潰《つぶ》したりしている。影月もそれは心得ていて、陽介の来訪が授業中であっても目を瞑《つむ》ってくれることが多い。

「まあそう言わないで。君はまだ編入してきたばかりだろう？　はじめは何かとストレスがあるものだよ」

　影月は穏やかに笑った。

　この笑顔が女子生徒たちの人気を集めているのもなるほど頷《うなず》ける、と陽介はあらためて思った。

「先生みたいに物分かりがよくて優しい女の子ばかりだったらいいんだけどなあ」

「おいおい。僕《ぼく》は男だよ」

　影月は苦笑した。

「そういう意味じゃなくってさ。もうちょっと先生みたいな優しさの欠片《かけら》でも、あいつらが持ち合わせてくれたらなってこと。まったく……爪《つめ》のあかをせんじて飲ませてやりたいよ」

「よっぽどまいってるみたいね、よーくん」

　くすくすと笑い声がして振り返ると、南十字若葉《みなみじゅうじわかば》が立っていた。陽介のクラスの担任だ。同じ孤児院で陽介とともに過ごしたこともある。

「園子先生も心配してたわよ。授業中に居眠りするなんてどうかしてるんじゃないかって」

「わ、若葉さん。そ、それは心配っていうんじゃなくて、怒ってるんだよ」

「若葉先生も大変ですね。学内一の問題児を抱えて」

　影月はそう言って笑った。

「ええ本当に。よーくんが戻ってきてから毎日楽しくって」

「若葉さん、話ぜんぜん合ってねーよ……」

若葉は昔からどこかずれたところがあった。

ふと思い出したように、影月が若葉に尋ねた。

「そういえば若葉先生。ストーカーのほうは大丈夫ですか？」

「え？　ストーカー!?　マジかよ、若葉さん」

「影月先生、どうしてそれを？　私《わたし》、理事長にしかお話ししていないはずなんですが……」

影月の言葉に、若葉は戸惑ったようだった。

「人の口に戸は立てられませんよ。もしも何かあったらいつでも力になりますから、遠慮なく言ってくださいね。何しろこれでもいちおう男ですから。女性よりは力もあります」

「まあ、先生ったら」

若葉はくすくすと笑った。

「でも、よーくんが守ってくれるのよね。そう約束してくれたでしょ？」

「うわあああ！　若葉さん！　何言ってるんだよ！　それって小学校の時の話じゃん」

「へえ、そんなことがあったんだ」

影月が面白そうに身を乗り出してきた。

「影月先生まで……。ったく……」

陽介は耳まで赤くなって慌てた。

それは陽介がまだ小学生だった頃の話。実は若葉は陽介の初恋の相手だったのだ。

昔テレビで見たヒーローのように、若葉を守るのは自分だと毎日のように言っていた。

今は思い出すだけで死にたくなるほど恥ずかしい。

「でも気をつけないと。若葉さん、いちおう独身なんだし」

「いちおうって失礼ね。レディに対してそういうことを言うのは、バトラーとしてあるまじき行為ですよ」

若葉は教師らしい口調でそう言ってみせた。

そしてぺろりと舌を出す。

結局、その日はそれ以上、ストーカーの話が出ることはなかった。

陽介も気にはなったが、若葉があまり話したくなさそうな様子だったので、聞くことができなかった。

帰り道、正門を飛び出した陽介は、珍しく小麦が誰《だれ》かと一緒にいるのを見つけた。

内気すぎる性格のためか、小麦はクラスにあまり友人がいない。

雪もいつもそのことを気にかけていた。

小麦と一緒にいたのはリリィ・スバルという少女だった。

小麦と同じクラスの生徒なのだが、海外からの留学生であるということに加えて、リリィは目が不自由だったので入門部の生徒たちの中でも目立ってしまう存在だ。だから陽介も彼女のことを知っていた。

陽介はそっと二人に近づいてみた。

場所は信号のない交差点。いつも車が頻繁《ひんぱん》に通る道だ。

「結構です」

まるでクラスメートにかけるとは思えない言葉が聞こえてきて、陽介を驚かせた。

「でも、危ないからこの道を渡るところまで一緒に行きますです」

「必要ありません。迷惑です」

「でも……」

「貴方《あなた》それ親切だと思ってる。大きな間違いです」

車が通らなくなったのに気づいたのか、リリィは白い杖《つえ》をつきながら小麦のことを気にすることなく交差点を渡っていった。

小麦はそのまま立ち尽くしている。

しばらく呆然《ぼうぜん》とリリィを見送った後、ようやく小麦は背を向けて歩き出した。

目の辺りをぬぐうようにして陽介のほうへ歩いてくる。陽介がいることにはまだ気づいていない様子だった。

「きゃあっ！」

小麦は道の段差につまずいて転んでしまった。

「だ、大丈夫か、小麦ちゃん」

陽介は思わず駆け寄った。

「お、お兄ちゃん……」

小麦は目にいっぱい涙をためていた。

堪えきれなくなったのか、小麦は声を立てて泣き始めた。

「ちょっと陽介！」

背後から声が聞こえて、陽介はぎくりとする。振り返ると、予想どおりそれは雪だった。

「あんた小麦に何を言ったの！」

すっかり雪は陽介が小麦を泣かしたものと誤解しているらしい。状況を見れば無理もない話なのかもしれないが。

「な、何言ってんだよ。俺じゃねえって！」

「じゃあどうして泣いてるのよ！」

陽介は事情を詳しく説明しなければならなかった。

なかなか納得しない雪をようやく諭《さと》した時には、陽介はぐったりと疲れ果てていた。

小麦は膝《ひざ》の辺りをすりむいてしまったらしく、痛々しいくらいに血が流れていた。

陽介たちは小麦を保健室に連れて行くことにした。


保健室には知らせを聞いた若葉もやってきた。

「ったく、ひでえこと言うよな」

「ううん、きっと小麦の何かがいけないと思うです。明日リリィちゃんに謝るです……」

「まあ、気持ちは分からなくもないけどね」

影月が言った。

「ってどっちの気持ちだよ」

「リリィちゃんのほう」

「えーーーっ！　俺は分かりたくもないけどな。せっかく小麦ちゃんが声をかけてあげてるのに」

「それが問題なんだよ」

と影月は言う。けれども陽介には何が問題なのかさっぱり分からなかった。

「たとえば君に何らかのハンデがあるとする。君の場合だと、『孤児』っていうハンデが分かりやすいかな。僕が君を可哀想《かわいそう》だと思ったとして、何かをしてあげたいと思った。だけど君の生活のすべてを面倒見ることなんてできない。だからせめてこのポケットにある小銭《こぜに》をあげるよって言われたら君はどう思う？」

「大きなお世話だよ」

「そうだね。たぶん、リリィちゃんのそれも同じことだと思うよ」

「あっ……」

小麦は思わず口に手を当てた。

「そう……だったんですね。確かに小麦は悪いことをしました……。友達が欲しくて……リリィちゃんを助けてあげたら仲良くなれるかもしれないって思ったです……」

「人にはそれぞれ触れられたくない闇《やみ》がある。そこに立ち入ることのできる人間なんてそうそういないはずだ……なあんてね。ちょっとカッコつけすぎだったかな」

影月はそう言って笑った。

「はい、分かりましたです」

小麦にもようやく笑顔が戻った。

「影月先生の言うこと、とってもよく分かりますわ」

若葉が言うと、影月は嬉《うれ》しそうに髪をかき上げた。

「いやあ、照れますよ若葉先生」

「本当、やっぱり大人《おとな》の男の人って違いますねー」

雪が陽介のほうを見ながらあてつけがましく言ったので、陽介はむっとした。

「まあ、まずは趣味とかそういう部分から共通点を見出《みいだ》していくのが順当じゃないかな。そうすればリリィちゃんのほうから小麦ちゃんと話をしたくなる時がくるはずだよ」

「はい、ありがとです、先生」

そうやって和やかに語り合っている時だった。

「先生、お薬が欲しいんですけど……」

そこに現れたのは楓と数人の友人だった。

楓は陽介たちがいるのに気づいて表情を強張《こわば》らせた。

「やだあ！　ここも孤児院くさあい！」

わざとらしく大きな声で言ってから、辺りを見まわす。

「本当。孤児の匂《にお》いがぷんぷんするわ」

楓たちは口々に言いながら笑い出した。

「楓さん、そういう言い方はやめましょうね。似合わないわよ」

若葉は楓たちの中傷を気にする風でもなくにっこりと笑った。

「あ、そっか。先生も孤児院ですもんね。たくさんいるほうが家族ごっこもさぞ楽しいでしょうね」

楓が言うと再び笑いがどっとわいた。

はしゃぎながら保健室を出ていく楓たちの姿を、若葉は悲しそうな目で見ていた。

楓の攻撃は日常茶飯事のことで、陽介たちはもう慣れつつある。

しかし、その矛先《ほこさき》を教師である若葉にまで向けるとは思わなかった。

何となく嫌な気分になって、陽介たちは早々に保健室を後にした。


それから数日が経《た》って。

「リリィちゃんの趣味……」

小麦はぶつぶつと呟きながら歩いていた。

影月にアドバイスされたとおり、話しかけてみようとは思うのだけれど、あれ以来なかなか機会がつかめない。

はた、と足を止めてしまったのは、目の前にそのリリィがいたからだった。

リリィは相変わらず、といった感じで、ベンチに腰掛けて本を読んでいる。

戸惑いながら小麦はリリィに近づいた。

「誰、ですか？」

リリィがふと目を上げた。

そして気配のするほうを見る。

「小麦です……」

おずおずと近づきながら、小麦は答えた。

「何か……用ですか？」

「あの……どんなご本を読んでいるのかなって思ったです……」

「本……ですか？」

あまり必要以上の感情を表に出さないリリィは、小麦の問いかけに対してどう思ったのかすら判断ができない。

傍からそっとのぞいてみると、その本には白い点がたくさん浮いているだけだった。点字用の本だからなのだが、小麦はそれをあまりよく知らない。

「これはドイツ語の本です」

「あ、あの……」

小麦は言葉に詰まってしまった。

「もういいですか？」

リリィはこの間のことをまだ怒っているのかもしれない。そんな弱気が小麦を無口にさせてしまう。

その時、後ろの木の陰に陽介が立っているのが見えた。

陽介は、行け、と小麦に合図している。

小麦はもう一度思い直して、リリィのほうに近づいた。

「そのご本の中身はどんなことが書いてあるですか?」

リリィはぱたんと本を閉じて小麦を見上げた。

一瞬、彼女が怒って立ち上がるのではないかと思った。

「タイトルは『幽霊《ゆうれい》の科学』といいます。ある研究家が、あらゆる超常現象を集めて、分類し、解析《かいせき》したものです」

「ちょーじょーげんしょー……ですか……」

小麦は目をきょとんと見開いたまま立ち尽くした。

「そうです。分かりやすく言うと、お化けとか超能力とかUFOとか……。そういう類《たぐい》のものになるのでしょうか……」

「はあ……」

「日本語はややこしいですね」

ふつ、とまた会話が途切れてしまった。

「お、お化けは怖くないですか?」

「怖い?」

リリィが小麦を見上げて首を傾げた。

「どうしてそう思うのですか？」

「その……お化けさんに会ってしまったら、見てはいけないものを見てしまったような気分になる気がするです……」

「小麦さんは会ったことがあるんですか？」

「ない、です……。でも、怖い写真を見たことはあるです。変な顔みたいなのが写ってて、お寺でご供養してもらったです」

それは、とリリィは続けた。

「シミュラクラという言葉、知ってますか？」

「しみくらくら？」

「シミュラクラです」

リリィは冷静に言いなおした。

「あ、ごめんなさい。知らないです」

「人間の脳はどんな模様の中からでも、人間の顔に似た形を探そうとするクセのことです。心霊写真、だいたいこれが原因です」

「あ、そ、そうなんですか。よく……分かりましたです……」

「そうですか。他に何か？」

「いえ、お邪魔してごめんなさいです」

「いいえ」

あの……と小麦が付け加えるように言うと、リリィは再び顔を上げた。

「また、お化けのお話きかせてくれるですか？」

リリィは微《かす》かに笑ったような気がした。

ただ単に、表情が和らいだだけだったのかもしれないが。

「私の分かることなら特に構いませんが」


二人が何を話していたのかはよく分からないが、会話が弾んでいるようなので、陽介はそっとその場を立ち去った。

小麦に友人ができるのは良い事だ。

何となく、自分も良いことをしたように思えて嬉しかった。

学校を出てから寮まで五分とかからない道のりだ。

寮は門限以降の外出禁止など、鬱陶《うっとう》しい規則は山のようにあるが、立地条件としては申し分なかった。

何しろ、始業の十分前に起きれば、授業に間に合う、というのも嬉しい。

「何にやにやしてるのよ」

気がつくと、雪が不気味そうに陽介を眺めていた。

「うるせ。俺だってたまには機嫌のいい時だってあるんだよ」

「ふーん、可愛《かわい》い女の子に声でもかけられたの？」

「女のケツ追いかけて喜ぶヒマなんてねーよ」

どうだか、と雪は呟いて、先を歩く。

「じゃあ当然、明日提出のレポートはバッチリなのね？」

「あ……」

「まさか、忘れてたの？」

陽介は雪に揉《も》み手《て》をしながら近づいた。

「雪様〜っ！　今日は一段とお美しくていらっしゃる……」

「キモイ！」

一喝《いっかつ》して雪はさっさと歩いていく。

「あーあ……また明日も立たされるのか……」

「自業自得でしょ」

陽介はがっくりとした。

明日提出しなければならないレポートは、陽介にとっては礼儀作法に次ぐ苦手科目の児童心理学だった。

「なんでバトラーがガキの面倒まで見なきゃいけないのかね……」

力なく陽介が呟いた。

「いろんなニーズに応《こた》えることのできるバトラーのほうが需要が高いでしょ。文句ばっか言ってないで、今からやれば何とか間に合うんじゃないの？」

雪は呆れ声で言った。

「雪はとっくに終わってるんだよな？」

「ええ、もちろん」

「いやみなヤツだ……」

とぼとぼと陽介は歩く。

先ほどまでの上機嫌は、すっかりどこかに吹き飛んでしまった。

「お前はほんと勉強好きだからいいよな」

陽介が言うと、雪は少し不服そうに振り返った。

「あたしはちゃんと目標持ってるから。資格だって取りたいのがたくさんあるし、サボってるヒマなんてないのよ」

こういう言い方をするからカチンとくる。

「どーせ俺は目標なんてねーよ」

不機嫌そうに言い捨てて、陽介は雪を追い越した。

「ちょっと、何よその言い方」

「お前の言い方だってたいがいムカつくんだよ。お互い様だろ」

「陽介とあたしを一緒にしないでよ」

「俺だって一緒にされたくないね」

二人が同時にそっぽを向いた時だった。

「また喧嘩してるですか」

「こ、小麦ちゃん」

「小麦っ」

二人は慌てて顔を見合わせて、精いっぱい笑顔をつくった。

「喧嘩なんかじゃないよ、誤解だよ、小麦ちゃん」

「そ、そーよ。明日の天気はどうだろうって話してただけだもの」

「ほんとですか？」

「ほんとーです！」

二人は同時に声をそろえて言った。

「じゃあ、良かったです」

にっこりと笑って小麦が過ぎ去っていく。

二人は同時にほっとため息をついた。

「なあ雪……」

「何よ？」

「間とって和解しねーか？」

「間って何よ？　あんたどーせ教えてもらうばっかりじゃない？　だいたい和解っていうのはどっちにも非がある時に使う言葉なんじゃないの？」

「そーか、やっぱし駄目か……」

すっかりしょげてしまった陽介を見て、雪は少し笑った。

「ちょっと買い物に付き合ってくれるんなら教えてあげてもいいわよ」

陽介は少しぎくっとした。雪の買い物はとてつもなく長い。自分でやってしまうほうが早いのか、それとも買い物に付き合って教えてもらうほうが早いのか。

「行くの、行かないの？」

「……行きます」


制服のままではさすがにマズイので、そのまま一度寮に戻り、着替えてから二人は街に出かけた。

「で、何買うつもりなんだよ」

「買うっていうか、ちょっと見たいものがあるの」

（女ってすぐこれだからな）

ウィンドーショッピングだとかいって、買いもしないのに店先やウィンドーを眺めてさんざん悩んで時間を潰す。

その楽しさが陽介にはさっぱりと分からない。

「何よ、なんか文句あるの？」

「ないです、はい……」

今の状況は陽介には形勢不利だ。

おとなしく従うしかない。

雪は雑貨屋や古着屋をまわりながら、あれこれと思案しているようだった。

忙しそうに商品を手に取ったり見比べてる雪とは違い、陽介はだんだんと退屈さが増してきた。

わざとらしく欠伸《あくび》をしてみたり、所在なさげに店の外に出てみたり。

早く帰りたい、というアピールをさりげなくしてみるも、雪にはまったく効き目がなかった。

「ねえ、陽介」

ふいに話題がこっちに振られた。

「あ、はい、なんでしょう」

「これとこれと、どっちがいいと思う？」

雪はマフラーを二つ手にしていた。

「どっちも」

「いい加減ね」

「ああ、右側のほうがいいかな」

慌てて言いなおした。

「そっか。うーん」

雪はまた悩み始めた。

（くっそー！　マジでやってらんねえ！）

陽介の我慢の限界が訪れようとしていた頃だった。

「ごめん、もういい。帰ろうか」

結局、買い物は何もせずに帰ることになった。

陽介はほっと胸を撫《な》で下ろした。これ以上付き合わされたら、また喧嘩をしてしまいそうだったからだ。

（買わねーのにこれだけ悩むって……。女ってつくづくよく分かんねー）

そう思ったが、心の中で呟くだけに止めておいた。

「入るわよ、陽介」

ノックもせずにそれだけを告げて、雪は陽介の部屋に入ってきた。

「お前、男の部屋にノックもせずに入るやつがあるか」

「いいでしょ。どうせ陽介なんだし」

そう言われてしまえば身も蓋《ふた》もない。

結局、雪に教えてもらうことになった陽介のほうが分が悪かった。

雪は本当に勤勉で、陽介は密かに感心はしていた。

成績も校内でトップクラスに入っているらしい。

「お前、なんでそんなに勉強するんだ？」

「だから何度も言ってるじゃない。資格が欲しいの。就職に有利になるし」

「就職ねえ」

陽介にはあまりまだ実感のない言葉だった。

雪はふと遠くを見つめる。

「小麦はちゃんと……大学まで行かせてあげたいし……」

陽介は天涯孤独の身だ。ある意味では一人の家族もいない、孤立した寂しさというものがある。

雪には小麦という血のつながった妹がいる。

そして雪は小麦の姉であり、母であり、父であり続けようとしている。

「えらいな、雪は」

それは陽介の本心から出た言葉だった。

「そんなことないわよ。たった一人の妹だもの。幸せにしてあげたいって思うのは当然のことでしょ」

雪はそっけなく答えたが、その言葉以上に重い責任を背負っていることに、陽介はこの時はじめて気づいた。

第二章　忍び寄る影

翌朝、陽介はたいそうな欠伸《あくび》をしながら学校に向かっていた。

結局、レポートを書き終えたのは明け方だった。

正門の辺りに目を留めて、陽介ははっと居住まいを正す。

正門では、時々、風紀チェックが抜き打ちで行われる。

立っているのが若葉ならまだ笑って済まされるが、今陽介が見た人影は、間違いなく園子だった。

他《ほか》の生徒が厳しく咎《とが》められている。

(やべえ……)

襟元《えりもと》のボタンをきちんと閉めてなかったことを思い出して、鞄《かばん》を慌てて脇《わき》に挟み、正門に背を向けてボタンを留めた。

今日は運良く、正門手前で園子の姿を発見できたから良かったものの、正門を入った途端に待ち構えたように歩み寄られる時の恐怖心は言葉にすることができない。

「あら、宇宙海陽介さん」

名前を覚えられているのも恐ろしい。

「おはようございます」

「おはようございます。今日は運のよろしかったこと」

「い、いいえ、そんなことは……」

陽介は乾いた笑いを漏らす。

「日頃《ひごろ》からきちんと意識していれば、正門前で慌ててボタンを留めなおす必要などないのですよ」

（げ、見られてたのか……）

「は、はあ……肝に銘じておきます……」

「日頃の心がけが仕事にも大きな影響を及ぼします。目に見えるところだけ取り繕《つくろ》っても、見る人が見ればすぐに分かりますからね」

陽介はただ、はあ、という言葉を繰り返すしかなかった。

「……伝統ある我が校から輩出するバトラーになろうという人が情けない。もう少し自覚と努力が必要ではありませんか？」

いい加減に愛想笑いも尽きようとした頃、救いの手を差し伸べるかのように、予鈴の鐘《かね》が鳴り響いた。

「じゃ、先生。予鈴だし」

「お待ちなさい、何ですかその言葉づかいは！　バトラーにあるまじき……」

園子の声が背後から追ってきたが、陽介は構うことなく校舎に向かって走った。口では一生勝てなくても、体力なら自信がある。

「運が悪かったわねー」

息を切らしながら教室に入ると、待ち構えたように雪は笑った。

「ついてねー」

肩で息をしながら、陽介は鞄を机《つくえ》に放り投げた。それからはっとしたように雪を振り返る。

「お前も見てたんなら何とかしろよ！」

「やーよ。内申に響くもの」

「つくづく可愛《かわい》げのない女だな」

「悪うございましたね」

すっと人影が通って二人は言い争いをぴたりとやめた。

それが他ならぬ楓だったからだ。

また何事かを言ってくるものと思いこんでいた二人は、何も言わずに通り過ぎた楓を見て顔を見合わせた。

「あれ？　どうしたんだろ」

「まあいいんじゃねえ。たまには」

この時は、雪も陽介も、さほど楓の様子を気にしなかった。

「やっと終わったぜ」

とは言っても、午前の授業が終わっただけの話である。

陽介は昼食を一階にある食堂でとることが多い。

萌之丞が何かとサービスしてくれることもあるし、何より安くてうまいという利点がある。

陽介が階段を駆け下り食堂へと向かおうとした時だった。

「お兄ちゃん、調理実習でお弁当作ったです。一緒に食べませんか？」

廊下でふいに声をかけられて振り返ると、小麦がハンカチにくるんだ弁当箱を二つ両手に抱えていた。

「おお、そいつはありがたい。ちょうど今から食堂行こうと思ってたんだ」

小麦から弁当箱を受け取って、陽介は嬉《うれ》しそうに笑った。

「この間のお礼です」

小麦はそう言って目配せした。

この間——。

陽介は考える。

（リリィのことかな……）

思い当たるとすればそれしかない。

「あ、陽介。昼からの実習のことだけど……」

階段の上から声をかけられて陽介が見上げると、雪がプリントを片手に持ってのぞきこんでいた。

「あら、小麦」

雪は陽介の背後にいた小麦に目を留めた。

小麦は慌てて、持っていたもうひとつの弁当を雪のほうに差し出した。

「あ、お弁当作ったです。お姉ちゃんも一緒に食べるです」

雪は階段を駆け下りると、陽介の弁当と小麦が差し出している弁当を見比べて首を傾《かし》げた。

「で、でも、それ小麦のぶんじゃないの？」

「小麦はさっきの実習でつまみ食いをしたからお腹《なか》がいっぱいなんです。お姉ちゃんも一緒に食べてくれると嬉しいです」


校舎の屋上はテラスのようになっていて、ベンチがいくつか設置されている。

そこで三人は、弁当を広げた。

自分の作った弁当を美味《おい》しそうに食べる二人を、小麦は嬉しそうに眺めていた。

その時、きゅうっとどこからともなく音がして、雪と陽介は顔を見合わせた。

「こ、小麦。やっぱりあんたお腹すいてるんじゃないの？」

「ち、違いますです。今のは小麦じゃぁありませんです」

そしてもう一度きゅううと音がした。今度は間違いなく、それが小麦の腹の辺りから聞こえてきたと分かった。

小麦は顔を真っ赤にして俯《うつむ》いた。

雪と陽介は思わず噴き出した。

「うふふ。じゃあ半分こしようよ。ね、小麦？」

雪は弁当箱のふたの裏に小麦のぶんを取り分けて渡した。小麦は照れくさそうにそれを受け取った。

「リリィちゃんとはあれからどうなんだ？」

「最近は少しずつお話ししてくれるようになりましたです。リリィちゃんは変わった本が好きみたいです」

そういえば、リリィは見かけるたびに本を読んでいるのを陽介は思い出した。点字の本の上を指でなぞっている姿が印象的だった。

小麦の話によると、リリィはＵＦＯや超能力、心霊現

象などのオカルト的な本が好きで、いつも読んでいる点字本の中身はそういう類《たぐい》のものが多いらしい。

「へえ、やっぱ変わってんな」

「そんなこと言わないでください。小麦も少しずつ教えてもらってるです」

「え？」

「幽霊《ゆうれい》とか会ってみたいっていうのはちょっとって感じなんですけど」

「幽霊に会いたいとか言ってるのか？」

「会いたいっていうか、見てみたいんだそうです。でもリリィちゃんは目が見えないから、会ってみたいっていうほうが近いんだそうです」

雪は肩をすくめた。

「だから最近、小麦ったら夜にそんな話ばかり。おかげで電気消して寝れないのよ」

「雪が？　そりゃ意外だな」

「悪かったわねーだ！」

「夜っていえば、小麦はあの教会のことを思い出しますです」

「あの教会？　まだあんのか？」

それは孤児院からほど近いところにある、すでに管理するものもない廃教会だった。

「思い出すわね。三人でこっそり夜に孤児院を抜け出して行ったのよね」

「そうです。屋根の上からお星様を見たです」

まだ陽介も雪も幼かった頃、探検気分で出かけた夜の話。それは陽介もよく覚えていた。

親のない寂しさ、孤独感。孤児にはいつもそういう思いがつきまとう。

大きな夜空の星の瞬きを眺めていたら、そんな気持ちもどこかに流れていってしまって、
三人並んでいつまでも星を眺めていた。

「小麦……寂しいなって思う時があったら、いつでもあの夜のことを思い出すです。お父さんやお母さんはいないけど、小麦にはお姉ちゃんとお兄ちゃんがいるんだって……」

小麦が言った言葉は、そっくりそのまま陽介も雪も思っていたことだった。

ただ、口に出して言うことがないだけで。

だから、二人ともいつのまにか微笑《ほほえ》んでいた。

「よーし。今度は寮を抜け出してまた行くか。教会が壊れる前に」

「本当ですか、お兄ちゃん！」

小麦は跳ねるように喜んだ。

「まーたそんないい加減な約束して」

「いい加減じゃねーよ」

「どうだか」

「お前なあ。本気で怒るぞ」

「もう～。やめてくださいです……。せっかく嬉しい気持ちになれたのに……」

小麦が悲しそうに二人を見ている。

「あ、ごめんごめん……」

小麦に言われてしまうと、陽介は折れるしかなかった。

雪の勝ち誇ったような顔が憎らしい。

ちらりと雪をねめつけながらも、陽介は応戦するのをぐっと堪《こら》えるしかなかった。

思えば小さな頃から、雪とは喧嘩《けんか》ばかり。

それを小麦がなだめに入るというパターンも変わらない。

三人の関係はこれからもずっと同じように続いていくものだろうと、陽介は思っている。

それはやや頭の痛い気もするが、悪くはないと思えるようにはなった。

一度、孤児院を離れていた陽介は、こうしたたわいもない喧嘩を心地よいと感じてしまうことがある。

もちろん、それを口に出して言うようなことはないけれども。

「あれ、楓じゃないのか？」

陽介はふと屋上の隅《すみ》に目をやる。

楓が一人、屋上のフェンスにもたれてどこかを眺めていた。

「今日はいつもの友達と一緒じゃないのね……」

　ふと、小麦が立ち上がった。

「呼んでくるです……」

「やめとけやめとけ。またあることないこと言われて、泣かされるのがオチだぞ」

「でも……」

　小麦は楓の様子が気になるようで、一向に座ろうとはしない。

「あたしが行ってこようか？」

「お姉ちゃん……」

　雪が立ち上がったのは、楓を心配してのことではないだろう、と陽介は思った。そうしないと小麦の気が治まらない、ということを、雪は承知しているのだ。

　小麦が直接楓と接触して、いわれのないことを言われてしまうのは、雪にとっては避けたいところだったに違いない。

　雪はそっと楓に歩み寄る。

　確かに、どこかいつもと雰囲気が違う気がした。

「明条さん、よかったら一緒に話でもしない？」

　いつもの仕打ちを気にすることなく、自然に言えたと思う。

　楓は驚いたように雪を振り返った。

「あそこでご飯を食べてたの。もし良かったら、なんだけど」

楓は複雑そうな面持ちで雪を眺めた後、悔しそうに唇を噛《か》んだ。

「私《わたし》に構わないでよ！」

そう叫ぶように言って走り去った。

「なんだ、あいつ……」

「でも、お顔が何だか哀《かな》しそうだったです……」

小麦は心配そうに楓の去っていった方向を眺めていた。

この時の楓の様子には、雪も少し驚いた。

無視されるか、それともいつものように食ってかかられるか。

そう思いながら話しかけてみたのだが、楓の反応は、雪が想像したどれにも当てはまらなかった。


陽介は放課後に食堂で、萌之丞に楓の一件を話していた。

萌之丞も孤児院出身ということで、楓に不本意なことを言われたことがある。

楓の周囲にいつもつきまとっている取り巻きたち。

そういえば、と陽介は思いなおした。

取り巻きの中でも、楓と特に仲の良かった一人が、突然、学校に来なくなったらしい。

そのせいなのかどうなのかは分からないが、今日は一日、陽介たちがいつものように話していても突っかかってくることもなかった。

授業中も休憩時間も、どこか心ここにあらずといった感じで、取り巻きたちと連れ立って歩くことも少ない。

「まあせいせいするけどな。本当に孤児を馬鹿《ばか》にしやがって」

「でも、そんなに悪い子じゃないと思うけど」

萌之丞は食器を片付けながら首を傾げた。

「何でお前があいつの肩もつんだよ」

「僕《ぼく》、見ちゃったんだ。明条さんが孤児院の子供たちと遊んでるところ。ほんの最近の話だよ」

「え？　あいつが？」

「うん、間違いないと思う。うちの制服着てたし」

「へえ、そんなことがあったんだ」

萌之丞はその時の様子を陽介に話して聞かせた。

楓は孤児院の子供たちにせがまれて、鬼ごっこの鬼になって子供たちと遊んでいたという。いつもの楓とは別人のように、とても優しい顔をしていたと萌之丞は言った。

「僕は取り巻きの子たちも悪いんじゃないかなって思うな。明条さん自身はそんなに悪い子じゃないと思う。明条さんでなくても、僕たち孤児院出身者を見下す人間はいくらでもいるし。ああやって僕たちを馬鹿にすれば取り巻きの子たちが喜ぶからそうしてるんじゃないかな」

「そんな滅茶苦茶《めちゃくちゃ》な理屈、俺《おれ》は絶対認めないぞ。取り巻きが喜ぶからって、孤児を馬鹿にする？　そういうヤツの擁護《ようご》なんてする気にはならない。お前とは違って」

それが自分一人に向かうものならともかく、陽介には雪や小麦にまでその矛先《ほこさき》を向けているることが許せなかった。

「もう、そんなに熱くならないでよ。明条さんだってきっかけが掴《つか》めないだけかもしれないじゃない？　本当はあんなこと言いたくないのかもしれない、早くやめたいのかもしれないじゃない」

「萌〜っ！　お前は仏様か〜！」

「ハズレ。僕、クリスチャンだから」

「あのなあ……」

萌之丞の言葉を聞いて、陽介はがっくりとうな垂れた。

「『汝《なんじ》の敵を愛せ』ってね。聖書にもちゃんと書いてあるでしょ？」

「ったく……かなわねーなあ、お前には……」

呆《あき》れた、という意味を込めたつもりだったが、萌之丞にはさっぱり届かなかったようだ。

「僕に勝とうなんて十年早いよ、陽介くん」

誇らしげに微笑む萌之丞を見て、再び陽介は深いため息をついたのだった。

すっかり食堂で萌之丞と話しこんでしまった陽介が寮に戻ると、待ち構えていたかのように、小麦がぱたぱたと駆け寄ってきた。

嬉しそうに手に何かを握りしめている。

「お兄ちゃん、理事長先生からプールの券もらったです」

孤児院出身者たちにとっては、理事長はいわば父親がわりのようなものだった。少し変わったところもあるが、時折、こういった具合に孤児たちを気遣《きづか》うことがある。

「そうか、プールか。久しぶりだな」

「お兄ちゃんも一緒に行ってくれるですか？」

「ああ、もちろん」

「これで三人は決まりね」

「って雪も行くのか。まあいいけど」

「まあいいけどってどういう意味よ。麗《うるわ》しき乙女《おとめ》が二人もそろって一緒にプールに行ってやろうって言ってんのよ」

「別に俺は連れていってくれなんて頼んでねえぞ」

「あんたが最近ふさぎこんでるみたいだから誘ってやったんじゃない」

「うるさいな。ほっとけよ、人のことなんか」

「もう～っ！　喧嘩は駄目ですってば～」

「それにしても男が陽介一人じゃ見栄えしないわね。誰《だれ》か誘いなさいよ。そう、影月先生とか」

「やけに嬉しそうだな。それが目的だったのか」

「だって、影月先生は大人《おとな》だし、この間小麦もお世話になったじゃない？」

「へいへい。分かりましたよ」

陽介は力なく息を吐き出した。

「やったあ！」

雪の喜びようが陽介にとっては多少腹立たしかったが、さすがに男が一人だけだと肩身が狭い。

事情を説明して誘ってみると、影月は意外に快く了承した。


週末、寮の前で影月と待ち合わせて、四人は近くにある室内プールへ向かった。

早々に着替えを済ませた陽介たちに少し遅れて、水着に着替えた雪と小麦がやってきた。

小麦は清楚《せいそ》な白いワンピースタイプの水着姿で、陽介たちがその姿を見つめていると、恥ずかしそうに俯いてしまった。

「似合ってるよ、小麦ちゃん」

影月が言うと小麦は嬉しそうに微笑んだ。

「ありがとうございます」

「すごく可愛いよ。いつもとは違う雰囲気でそれがまた……」

言いかけた陽介の言葉に、小麦は困ったような顔をした。

「お兄ちゃん……」

「なんだ？」

「言い方と笑い方がいやらしいです……」

「え……」

意識はしないように言ったつもりだったが、普段見なれている小麦とは違う一面を見たような気がして、つい本音が滲《にじ》み出てしまったのかもしれない。

雪のほうはオレンジ色のビキニ姿だった。

「雪ちゃんらしい水着だね」

「ありがとう、先生」

陽介はどう言葉をかけていいか戸惑っていた。

大胆に肌を露出している様は、正直言って目のやり場に困ってしまう。

「どこ見てんのよ！　このドスケベ‼」

視線を逸《そ》らしたつもりだったのが、ひどい誤解を受けて、陽介の頬《ほお》に雪の平手打ちが飛んだ。

「風当たりが悪いね、陽介君」

すべてが裏目に出てしまった陽介を、影月は涼しそうな顔で笑いながら眺めていた。

「ちぇっ！　同じ男なのになんでこうも態度が違うかなあ」

ぶつぶつと文句を言っている陽介をよそ目に、雪たちはさっさとプールサイドに向かっていた。


さすがにシーズンを少し外れているためか、週末にもかかわらず人は混雑しているというほどではなかった。

「陽介！　ほら！」

プールに飛びこんだ雪が、陽介に水を浴びせてきた。

「この～！」

陽介が応戦すると雪はさらに激しく水を撒《ま》き散らした。

二人の間で激しく水飛沫《みずしぶき》が飛び交った。

夢中で水を掛け合っているうちに、ふと気がついてみると、小麦の姿がまだプールの中に見えない。

第二章　忍び寄る影

小麦はプールサイドにしゃがみこんで、ぼんやりと水面をのぞきこんでいた。

足をそろりと伸ばしたりしてみるものの、小麦はプールサイドから、なかなか水に入ることができないようだった。

その時——。

「きゃあっ！」

水面をのぞきこんでいた小麦が、プールの中に滑り落ちた。

「だ、大丈夫か、小麦ちゃん」

慌てて陽介が駆け寄った。

小麦は目や鼻をこすりながら水の中から顔を出した。

「だ、大丈夫です……。でもお鼻にもたくさん水が入りましたです……」

小麦は涙目で陽介に訴えた。

そういえば、小麦は泳げないと言っていたことを陽介はようやく思い出した。

「ほら、気をつけて」

陽介が小麦に手を差し出した。

「小麦ちゃん、俺がついていてやるから、一緒に泳ぎの練習をしよう」

小麦はこくんと頷《うなず》いて陽介の手を取った。

「まずは水に慣れることが大事かな。顔をこうして水につけて……」

陽介が手取り足取り教えているうちに、小麦の水に対する恐怖心は少し和らいだようだった。

はじめは顔を上げたまま、少し慣れたら顔を水につける。それを繰り返しているうちに、陽介の手を借りてパタパタと足を動かしながら前に進むことができるようになった。

「でもさ、泳げないのにどうしてプールに行こうと思ったの？」

陽介はふと不思議に思って尋ねた。

「小麦がもう少し小さかった時はプールも小さいところにいてもおかしくなかったです……。浮輪ももって行けたです……」

「ひょっとして、今日も子供用プールで浮輪つけて泳ぐもんだって思ってたの？」

「はい……」

それくらい長い間、こうしてみんなでプールに来る機会もなかった、という風に解釈すれば良いのだろうか。

陽介は戸惑ってしまった。

「でも、もう浮輪がなくても大人用のプールでも大丈夫です。お兄ちゃんが教えてくれましたから」

「そうか、なら良かった。俺も教えるかいがあるもんな」

陽介の指導のかいもあってか、しばらくすると、小麦はほんのわずかながら、陽介が手を離しても泳げるようになった。

「やったです！　お兄ちゃん！」

「うん、少しだけどちゃんと泳いでたよ」

数メートル離れた陽介のもとへ、小麦は自分一人で泳いで来ることができた。

「小麦、一人でもちゃんと泳ぐことができたです……」

よほど嬉しかったのか、小麦は感慨深げに何度もそう繰り返していた。


影月と雪はいつの間にかプールサイドで休憩していた。

雪はぼんやりとプールにいる小麦たちを眺めている。

「彼のことが好きなのかい？」

「え？」

「陽介くんを見る君の目をみれば分かるよ」

「べ、別に……そんなんじゃ……」

「幼なじみっていうのは何かと不便なこともあるもんだね。僕で良ければ協力してあげてもいいけど」

「協力……ですか？　本当にそんなんじゃないですよ。先生ったらもう」

「でも、このままじゃ、君と陽介君とは、一生幼なじみのままだよ」

雪の表情が少しだけ陰った。

「きっかけが必要なんだよ、君たちには」

影月はそう言って微笑んだ。

「そうでしょうか」

「そうだろうとも。本当にこのままでいいのかい？　陽介君なら、いつ彼女ができてもおかしくはないしね」

雪は追い詰められているような気分になった。

それを察したのか、影月はなだめるように言った。

「たとえば、君が陽介君に彼女ができる、ということを想像してはじめて異性として意識するように、陽介君だってそういうきっかけが必要なんだと思うよ」

「い、意識なんてしてないです」

雪は自分でも声が上ずっているのが分かった。

「無理しなくてもいいよ。こう見えても、いつも生徒たちの相談に乗っているから、こういうことには結構敏感なんだ。君は陽介君のことが好きなんだろう？」

「そう……かもしれない……」

雪はようやく自分の想《おも》いを認めた。

「だったら、こういうのはどう？　僕たちが付き合っているふりをするんだ。そうすれば、陽介君だって自分の気持ちに気づく」

「そんなこと……陽介はあたしのことなんて……」

「だからきっかけがなかっただけなんだよ。男として見る限り、陽介君は君のことを好きなんだと思うよ。ただ、それに気づくイベントがないとね」

「イベント……」

雪は呟《つぶや》いた。イベントだと考えれば、少しは気が楽かもしれない。

「そう、僕と雪ちゃんが付き合っているものと誤解する。陽介君はそこではじめて嫉妬《しっと》を覚える。そうして自分の気持ちに気づく」

まるで恋愛小説のような展開だ、と雪は思う。それに惹《ひ》かれる気持ちもなくはない。

「僕は心配だから言ってるんだよ。お節介かもしれないけれど。君たちのようなパターンのカップルをいくつも見てきているからね。みんなきっかけがなければ、そのまま幼なじみで終わりっていうことが多かった」

幼なじみで終わり――。

それは雪の心に深く何かを突き刺した。

「まあ、陽介君が思惑《おもわく》通りに誤解して慌てて乗りこんできたら、僕が頼み込んでそうしてもらったんだって言ってあげるよ」

雪は小麦と楽しそうにプールで遊んでいる陽介を眺めた。

影月の提案するほんの少し狡《ずる》い考えが頭をかすめて離れない。

狡い。それはとてもよく分かる。

でも影月の言うように、このままではいつまで経《た》っても、雪は陽介にとって、口うるさい幼なじみでしかないのかもしれない。

陽介の隣に、自分と違う誰かがいる。

きっと、ごく自然に訪れる現実なのだろう。

(それは、嫌……)

焦りがこみ上げてくる。

陽介の気持ちを確かめてみたい。

狡いのかもしれない。でも……。


「なんか雪のやつ、先生と親密そうに話してるな」

プールサイドには戻りたくても戻れないような空気がつくられていた。

何か深刻そうに話しこんでいる二人。

世間話などでもしているのなら、戻って茶化すくらいのこともできる。

けれども、とうていそういうことのできる雰囲気ではなかった。

「お姉ちゃん、もう泳がないんでしょうか」

小麦が心配そうに雪のほうを振り返る。

「影月先生は大人だとか何とかってさんざん言ってたからな、あいつ。俺や小麦ちゃんなんかには言えないような相談でもしてるんじゃないのか」

陽介はまるで他人事のように答えた。

どうしてだか真剣に考える気はしなかった。

「ま、邪魔することないさ。行こう、小麦ちゃん」

「は、はい」

陽介についていくようにしながらも、小麦は雪を心配そうに何度か振り返っていた。


それからしばらくして、陽介は保健室で頻繁《ひんぱん》に雪を見かけるようになった。

プールのあの時のような立ち入りづらい雰囲気もあって、陽介は二人に声をかけることもなく保健室を立ち去ることも多かった。

何か深刻な悩みでもあって相談しに来ているのだろうか。それとも……。

気にはなるものの、あまり深く考えたくはない気持ちだった。

ましてや、雪自身に真相を問うことなど、とてもする気にはなれない。

次第に、陽介は保健室にも立ち寄らなくなり、毎日顔を合わせているはずの雪との会話も減っていった。

「陽介君も最近ここに来ることが少なくなったね」

「そうねー。でも、どう思ってるんだか」

雪は影月の提案を受け入れ、二人が付き合っているように見せかけていた。

校内でも二人の関係は噂《うわさ》になりつつある。

すべては計画通りに進んでいるように見えた。

「普通、男は嫉妬するものだよ。ここにやって来ないのもその気持ちの表れじゃないのかな。つまり、作戦はうまくいってるってことだね」

「そう……なのかな……」

雪にはうまくいっているのかどうかは分からない。でも、影月の確信めいた言葉が、少し嬉しく思えた。

小麦に問いただされても、影月との関係を雪は肯定も否定もしなかった。

肯定するのは真実ではないし、否定をすれば小麦が陽介にそれを伝えてしまうかもしれない。

雪はすでに影月の言う結果を期待していた。

陽介が雪を奪いに来てくれるという結果を。

幼い頃に読んだお伽話《とぎ》のような、そんなことがいつ起こるんだろう、そればかりを毎日考えている。

もしもそうなった時には、すべては影月が雪に頼んだ茶番だったと言ってくれると言った。

早くその日が来ればいいのに。

カムフラージュのためとはいえ、こうして保健室で影月と二人でいる時間がとても辛《つら》い。


小麦はリリィと昼食をとることが多くなり、雪は保健室に入り浸っている。

陽介は昼ばかりでなく、放課後も萌之丞のところに行くことが以前に増して多くなった。

少しばかりの寂しさを感じながら陽介が食堂に行くと、萌之丞はフライパンを片手に楓と話をしていた。

あの楓が笑っている――。

しかし陽介の姿を見ると、楓はすぐにどこかへ行ってしまった。

「何話してたんだよ」

少し茶化すように問いただすと、萌之丞は顔を真っ赤にした。

「べ、別に。今日の天気のこととか話してただけだよ」

「ふーん」

陽介がにやにやとしているのを萌之丞は不機嫌そうに眺めた。

「何だか最近、寮に不審者が現れるらしいね」

「え？　そうなのか？」

そういえば、若葉もストーカーにつきまとわれていると言っていた。

同じ犯人なのだろうか——。

「らしいよ。変な人影を見たっていう子が何人もいるんだって。さっき楓さんが言ってたけど」

「それって『萌くん、あたしを守って～』とかいうやつじゃないの？」

「ば、馬鹿なこと言わないでよ。いくら陽介くんだって、楓さんのこと悪く言うと許さないからね」

「楓さんって……。いつからお前ら、そんな仲良しになったんだよ？」

「いつからって……最近だよ。でも、本当に陽介くんが思っているような仲じゃないんだ」

萌之丞の話によると、彼が夜に街へ買い出しに行っている時に偶然楓を見かけたのだという。

その日は雨が降っていた。

夜の繁華街を、楓は友人と連れ立つこともなく一人で歩いていたらしい。不審に思った萌之丞はそのまま後をつけた。

そこでガラの悪い連中にからまれているところを萌之丞が機転をきかせて助けてやった

GAME
SUCCUBUS
LAND

らしい。

　それから少しずつ話をするようになったのだということだった。

「夜に街でって……。寮則違反じゃねえか……」

「それはそうなんだけどね。困ってる人をほうっておけないじゃない。きっと楓さんには何か事情があるんだよ」

「お前ってばそればっかり。理由があったら何やったっていいっていうのかよ。理解できねー」

「でも楓さん何か悩んでるみたいなんだ。そういうことは言ってくれないけど」

　萌之丞は切なそうにため息をついた。

「はあー、あっちもこっちも色づいてるなあ……」

　陽介は半ば呆れ顔になっていた。


　その夜、珍しく雪が部屋にやってきた。

　雪の顔をまともに見るのは、プールの時以来かもしれない。

「こんな夜中に何の用だよ」

　言葉もどこかしら、つっけんどんになってしまう。

「そんな言い方しないでよ」

そう言って雪は窓のほうを指差した。

「窓の外に変な人影みたいなのが見えるの」

雪の後ろには小麦もいた。

「小麦も見たです」

陽介はカーテンの隙間《すきま》から外の様子を探ってみた。

ここからではうまく確認できないみたいだ。

「不審者がうろついてるって噂があるみたいだからな。ちょっと行って見てこようか？」

「うん、あたしも行く」

「小麦も行きますです」

夜もずいぶん更けていたこともあって、辺りは真っ暗だった。

「幽霊だったらどうしますです？」

「もう小麦〜！　やめてよ、そんなことばっかり……」

「さ、三人もいれば、だ、大丈夫なんじゃないか……」

「陽介、声が震えてる……」

「しがみつくのやめろよ！」

「ご、ごめんなさいです……」

「なんだ小麦ちゃんだったのか。ごめんごめん」

「ちょっと陽介！　それどういう意味よ！」

久しぶりに昔のような雰囲気が戻ったような気がした。これから会うのが幽霊なのか不審者なのかは分からないけど、いつのまにか三人は笑顔になっていた。

懐中電灯の灯《あか》りを頼りに、不審者の影がいたらしき場所へ向かう。

「思い出すね、昔、夜に抜け出してこっそり教会に行ったこと」

ふと雪がそんなことを言った。

「思い出しますです。楽しかったですね」

「あの頃は本当に楽しかったね……」

雪は少し寂しそうにそう言った。

「ばーか。今だってたいしてかわんねーよ」

ほんの少し、雪が悲しそうな顔をしたような気がした。

「ま、ガキん時は、誰だってそうだろ。無邪気に楽しいことだけを探していられるんだから」

繕うように言った言葉が雪にどう届いたのか。

懐中電灯の灯りだけが頼りの暗闇《くらやみ》では、よく分からなかった。


「この辺りよ陽介……」

雪が声を潜めた。

懐中電灯で辺りを照らしてみる。

一見しただけでは、不審者の姿は確認できない。

懐中電灯の灯りでさらに周囲を探ってみる。

と、その時、何かが暗闇で動いたように見えた。

陽介はそちらの方向へ走った。

「誰だコノヤロウ！　出てきやがれ！」

陽介が大声を上げるとその人物は足を滑らせたらしく、派手な音を立てて落ちてきた。

しかし、懐中電灯に照らし出されたその姿を見て、三人は唖然《あぜん》とした。

「り、理事長〜!?」

「な、何してるんですかこんなところで」

「まさか噂の不審者って……」

「ち、違いますよ。ワタクシは不審者のですね、そのーですね、怪《あや》しい者がいないかどうかですね……」

懐中電灯の灯りが理事長の姿をくっきりと映し出している。

「見まわってたっていうんですか？　だったらその右手に隠したものを見せてください」

「えっと……これはですね……そのう……ほっほっほっ」

「いいから見せろってんだよ！」

陽介が無理やり理事長の手からそれを奪い取った。

「いやーっ……ですぅ……」

「り、理事長……」

小麦は赤面し、雪はあんぐりと口をあけてしまった。

「見まわりですか？　へえ、なるほどねー」

陽介は理事長から奪い取った、女物の白いショーツをちらちらと見せつけながら言った。

「理事長先生……最低ですぅ……」

「このエロおやじ」

口々に罵《ののし》られて、理事長はしゅんとうな垂れてしまった。

理事長が言うには、本当に見まわりにやってきていたのだが、つい出来心で気がつくとそれが手にあったのだという。

「宇宙海クンも見まわりご苦労様です。いやあ、男手はこういう時に苦労しますなあ。ほっほっほっ」

そう言い残して、理事長は去っていった。

「やっぱり不審者って理事長じゃねーのか？」

「理事長先生があんな人だったなんて……」

「男なんて所詮《しょせん》はそんなものなのね……」

三人はそれぞれに理事長に疑わしい視線を送りながらも、その夜はひとまず部屋に戻ることにした。

久しぶりに昔に戻った気がして、陽介はその夜何とはなしに嬉しい気持ちになっている自分に気づいた。

どことなくぎこちなかった雪との関係も、きっと元に戻るに違いない。そう思っていた。

しかし、翌日になってみると、雪は相変わらず教室でも寮でも必要以上に陽介に話しかけてくることはなかった。

陽介はしだいに苛立《いらだ》ちを感じ始めていた。

影月と付き合っているのならそれはそれでいい。

自分に接する態度が以前と違う理由を問いたい気分だった。

影月が嫉妬するからなのか。

それとも、何か陽介に思うことがあってのことか。

けれども面と向かってそれを問いただしても、雪はこう答えるだろうと陽介は思う。

『気のせいよ。陽介が気にしすぎ。避けてなんかないよ』

そう言われてしまえば、ただの被害妄想だと自分に言い聞かせて納得するしかない。

こういった類のことは、本当に厄介だ。

陽介が気にしなければ、きっと何も憤りを感じる必要のないことなのかもしれない。

相手が雪だから――。

ふと陽介は思った。そしてそのことの意味をかみ締める。

これがもし小麦なら、多少の憤りは感じても怒りは感じなかったかもしれない。

陽介にとって、雪はいつも傍《そば》にいて、いつも気軽に話せることが当たり前の存在だと思いこんでいた。

けれども、それが雪にとっては違ったわけで。

「俺ってやな男だな」

そもそも腹を立てる筋合いなんてなかった。

そんな自己嫌悪に陥っている時だった。

ドアをノックする音がする。

雪だろうか。

この期に及んで期待している自分に腹が立つ。

しかし、ドアを開けてみると、部屋の外に立っていたのは小麦だった。

相談事がある、という小麦を、陽介は部屋に招き入れた。

まだ早い時間とはいえ、小麦一人を男である陽介の部屋に入れていいものかどうか、多少のためらいはあったが、それ以上に小麦の表情が切羽詰まった様子だったのだ。

「最近、お姉ちゃんの元気がないです」

「え？　雪が？」

何気ないふうを装いながら、陽介は答えた。

「はい。ぼうっとしている時間も増えましたし、泣いている時もあるみたいで……。小麦には気づかれないように声を殺してるみたいですけど……」

「それは小麦ちゃんの気のせいじゃないのか？」

「いいえ、違いますです！」

勢い良く否定されて、陽介は驚いた。

「あんなお姉ちゃん……小麦は見たことがないです……。小麦は頼りないから、お姉ちゃんは何も言ってくれないし……」

「恋人と喧嘩でもしたんじゃねーの」

「違う……と思いますです……。どうしてだか分からないけど、そういうのとは違うと思いますです……」

陽介はため息をついた。

この展開からすれば、陽介は雪に事情を尋ねなければならないのだろう。

「影月先生に頼んでみるとか。そのほうが話も早そうだし。それでも雪の様子がおかしいなら、俺が雪に話してみるよ」

「でも……、小麦はお兄ちゃんに頼んでるです……」

小麦はじわりと涙を滲ませた。

「お姉ちゃんは……人のことしか考えられない人だからすごく心配です……。小麦じゃ……何の役にも立てなくて……」

小麦の瞳《ひとみ》からぽろぽろと涙が零《こぼ》れた。

「……お兄ちゃん……何とかしてくださいです……」

瞳を潤ませた小麦に陽介は弱い。

「分かったよ。とにかく雪と話をしてみよう」


小麦が立ち去った後、陽介はベッドに腰掛けたまま大きくため息をついた。

引き受けてしまったものの、何と言って切り出したら良いのだろう。

「こうなったら、正面きって話があるって呼び出すしかないのかな」

陽介はベッドに倒れこむようにして横になった。

体も気持ちもとても重い。

何度か寝返りを打つようにしてため息をつく。

お姉ちゃんは人のことしか考えられない――。

確かにそうだ、と陽介は思う。

人のこと……特に小麦のことに関しては、自分のこと以上に気にかけている。小麦にしてみれば、まだ幼いながらも、そのことに気を悩ませていたのかもしれない。

とにかく、雪と話してみないことには……。

そう思って、陽介は目を閉じた。

翌日の放課後、陽介は雪を屋上に呼び出した。

放課後にはあまり生徒が屋上まで上がってくることもない。

ここなら、誰かに聞かれて困るような話でもできるだろう、と思った。

たとえそれが、影月との関係に関する悩みであっても——。

「お前、最近元気がないんだって？」

「ど、どうして？」

「小麦ちゃんが心配してた」

「そう、小麦に言われて来たんだ……」

雪は少しむっとしたような顔をした。

「くれぐれも小麦ちゃんを責めるなよ。まだ子供なんだし」

慌てて陽介が言った。

「そ、そんなことしないわよ。あんたに言われなくたって分かってる」

「じゃあどうして小麦ちゃんを心配させたりするんだ？」

「なんにもしてないわよ。どうして陽介にそんなこと言われなきゃいけないの？」

（この馬鹿……ちっともあたしの気持ちなんて分かってないし……）

雪は泣きたいくらいに胸が痛かった。

小麦に言われて陽介は雪に会いに来た。

じゃあもしも、小麦が何も言わなかったら？　陽介はちっとも自分の心配などしないのかもしれない。

今だって雪を心配しているわけじゃない。

小麦の不安を取り除いてやりたいがために、陽介はここにいるんだ、と雪は思った。

そして次に陽介が口にした言葉は、雪を決定的に傷つけることになった。

「その……さ……影月先生とうまくいってないのか？」

遠慮がちに尋ねた陽介を、雪は睨《にら》みつけた。

「陽介のばかぁ〜っ！」

「……いってえ！」

陽介は雪に叩《たた》かれた頬に手を当てた。

言い返そうとして雪を見たら、雪は哀しそうに涙を流していた。

泣きながら走り去っていく雪を、陽介はただ眺めることしかできなかった。

「あーあ……。また泣かしちまったな……」

雪の泣き顔を見たのは、これで二度目になってしまった。

第三章　仕組まれた罪と罰

寮を飛び出してきたものの、門限以後の外出は禁止だ。

けれども雪は、途方に暮れたように街を歩いていた。

「あたしが……悪いのにね……」

陽介は雪に打たれるようなことはしていない。

馬鹿《ばか》なんて言われる筋合いもないだろう。

「馬鹿だったのは……あたしじゃない……」

小麦が喜ぶ顔を見るのが、雪にとっては何よりの幸せのはずだった。

自分が欲しいものは後回しにして、すべて小麦に与えようとしてきた。

たったひとつだけ、そう思って自分の欲望に手を伸ばしてしまったことに、きっと神様が怒ってしまったに違いない。

こみ上げてくるのは後悔ばかりだった。

すべてを戻せてしまえたなら。

でも、それはできない。

一度もつれた糸は、間違いをひとつひとつ解《ほど》いていかないと元には戻らない。

「やあ、雪ちゃん」

「影月先生……」

「門限以降の外出は禁止じゃないのかい？　しかも制服のままで……」

影月は優しく微笑《ほほえ》む。雪はためらいがちに言った。

「先生……お話があるんです……」

辺りはもうすっかり夜のネオンに包まれていた。

陽介はベッドに突っ伏したまま、雪の涙の理由を考えていた。

けれども、自分自身でも驚くほどに、それを考えるのが辛《つら》い。

影月と何かあったのだろうか。

二人は公認の仲だ。

そこに陽介が割ってはいるなど、無粋極まりない話で、そんな格好の悪いことをしようとは思えない。

(俺《おれ》は期待していた……？)

雪と影月の仲が壊れることを、陽介は無意識のうちに望んでいた。

『影月と何かあったのか？』

何かあった、と雪が答えることを確かに陽介は期待していた。

一瞬のうちに、慰めの言葉までも考えていたかもしれない。

けれども、その期待があっさり裏切られることは容易に想像できてしまうから、陽介は辛い気持ちになってしまう。

雪の幸せを考えるのなら、そんな期待は打ち破られた方がいいに決まっている。

雪の隣に恋人としての自分がいることを想像するのも難しいが、雪の隣に他《ほか》の男がいることなどは考えたことがなかった。

幼い頃《ころ》から、近くにいて当たり前の存在だった。

孤児院を飛び出した時にも、再会すれば元の通りの関係に戻るのが当然だと思っていた。

それはただ単に、自分の思い上がりにすぎなかったのだと、ようやく気づかされた。


影月に連れられて誰《だれ》もいない校舎に戻り、保健室で少し落ちついてから、雪は話を切り出した。

「もう付き合っているふりはやめます。陽介には……自分でちゃんと説明するから……」

そもそも、影月に庇《かば》ってもらおうなどと考えていたことが甘かった。

だから雪は自分できちんと告白しようと思った。

影月とのことも、陽介にやきもちを妬《や》いて欲しくて自分が頼んだのだと、正直に言うつもりだ。

それで陽介に嫌われてしまっても仕方がない。

罵《のの し》られるのも当然だと思ってる。

きっとそれが、罰《ばつ》なんだろうと思うから。

第三章　仕組まれた罪と罰

これ以上、嘘《うそ》の関係を続けて小麦や陽介に心配をかけたくない。

それくらいなら、自分が悪者になったほうがマシだと雪は考えていた。

「そうかい。残念だね。でも……」

「先生？」

雪は不思議そうに首を傾《かし》げた。

影月が声を押し殺すようにして笑っていたからだ。

「まあもう少しいいだろう？　寮はすぐ隣なんだし。実は今日は約束をすっぽかされちゃってね」

雪は気のせいだったのかと思いなおして笑った。

「ええ、もう少しなら。無理言って付き合ってもらったんだし」

自分の都合で振り回してしまったことにも、多少負い目を感じた。

「じゃあ、コーヒーでも入れよう」

そう言って影月は立ち上がった。


雪が戻ってこない、と小麦が半泣きになって陽介の部屋を訪れたのは、もう外もすっかり暗くなってからのことだった。

「まだ戻ってないのか」

「まだってことは、お兄ちゃん、何か心当たりがあるですか？」

心当たり……ないことはない。

でもまさか、この時間になるまで帰っていないとは思わなかった。

外はもうすっかり暮れているし、寮は原則として門限後の外出を禁止している。

「捜してくる」

「小麦も行っちゃ駄目ですか？」

「駄目だ。夜の街は危険だし、今出歩いたら小麦ちゃんまで寮則違反になっちまうぞ。ちゃんと雪は連れて帰るから、小麦ちゃんは部屋で待っててくれ。ひょっとすると、入れ違いに雪が帰ってくるかもしれないしな」

「でも……」

「もし雪が帰ってきて、小麦ちゃんも俺もいなかったら、雪はビックリして何するか分かんねーぞ」

それを聞いて納得したのか、小麦はこくんと頷《うなず》いた。

「分かりましたです……。ちゃんとお姉ちゃんを連れて帰ってきてくださいです……」

寮を飛び出した陽介は、街へ向かう。

一番可能性の高いのは繁華街かもしれない、と思ったからだった。

通りがかる人に雪の特徴を話して尋ねて歩いた。

ゲームセンターや喫茶店など、雪のいそうな場所を片っ端から捜して歩いた。

「何やってんのよ、宇宙海」

声をかけられて振り返ると、立っていたのは楓だった。

「楓～！　お前こそ寮則違反だろうが！」

「それはお互い様でしょ。あんたに言われたくないわよ」

萌之丞も街で楓を見かけたと言っていた。

すっかり夜の街に慣れた様子の楓は、制服ではなくちゃっかり私服に着替えている。

「まあそれはどうでもいい。雪を見なかったか？」

「天乃川？　見てないけど……何かあったの？」

珍しく真摯《しんし》に尋ねてくる楓に、陽介は少し驚いた。

「まだ帰ってこねーんだよ。あいつ……寮則破るようなやつじゃねーし……」

楓はそれを聞いて、何かを迷っているような感じだった。

「ねえ、天乃川って、本当に影月と付き合ってるの？」

「知らねーよ、そんなこと。それよりお前は見てないんだな」

楓に心当たりがないのなら、陽介は少しでも先を急ぎたかった。

「待って！」

走り去ろうとした陽介を、楓は引きとめた。

「なんだよ。俺急ぐから」

「その……影月のことなんだけど……」

「影月？」

「私《わたし》の言うことなんて今さら信用できないかもしれないけれど、あいつ……とんでもないやつだよ！」

「え？　どういうことだよ？」

楓は言いかけた言葉を飲みこむようにして、陽介を見つめた。

「どういうことなんだ、楓？」

問い詰めても、楓は答えようとしない。

代わりに楓は辛そうに二、三度首を振った。

「お願い……それ以上は聞かないで！」

楓は嫌なものでも振り払うように叫んだ。

そしてしばらく泣きそうな目で陽介を見てから走り去った。

「なんなんだ……あいつ……」

でも、楓のああいう顔を陽介は見たことがない。

「影月先生が？　まさか……」

影月と雪が交際しているとして、陽介の知る影月ならば、もしも今一緒にいたとしても心配などする必要はないのかもしれない。

しかし、陽介は楓の言ったことがとても気になった。

楓が嘘を言っているようには見えなかった。

しかも、とても複雑な事情がありそうだ。

もしもそれに雪が巻きこまれたのだとしたら。

楓の言うとおり、影月にとんでもない一面があるのだとしたら……。

陽介は思い立ったように走り出した。

学校のほうへ――。


会話を引き延ばしながら、影月はなかなか雪を帰そうとはしなかった。

どことなく、今日の影月には違和感がある。

それは分かっていたけれども、勤務時間が終わってから、わざわざ自分に付き合ってくれた影月を、雪は突き放すことができなかった。

「先生……もう、帰らなきゃ。小麦も心配するし」

ようやくその言葉を言って立ち上がった時だった。

急に眩暈《めまい》を感じて、雪は壁に手をついた。

「何だか……調子が……」

目を開けているのも辛いくらいの眠気。

「先生……まさか……」

「薬の効き目が遅くて苛々《いらいら》したよ。コーヒーの味は良かっただろう？」

こんな人知らない……。

雪は必死で眠りを防ごうとした。

目の前にいるのは怪《あや》しく瞳《ひとみ》を光らせた男。

「僕《ぼく》たちは恋人同士。だからどんなことをしても、許されてしかるべきだよね……」

「違う……そんなんじゃ……」

雪は床に倒れながらも、最後の抵抗を続ける。

「そんなことを警察にでも言ってみるかい？　恋人とデート中に強姦《ごうかん》されましたって。校内でも公認の仲の僕たちなのに、警察だって相手にしやしないよ」

必死に外へと伸ばした手を、影月の靴《くつ》が踏みつけた。

「さて、どういう風に楽しませてもらうかな……」

影月がどんな表情をしているのか、それを見る力さえも失われた。

薄らいでいく意識の中で、雪は自分の過ちをひどく後悔した。

陽介が学校にたどり着いた時、すでに校門は閉じられていた。

けれどもそれを乗り越え、陽介は校舎に向かう。

「保健室に灯《あか》りが……」

保健室にいるのは影月に違いない。

そこに雪がいるのかどうかは分からないけれども、陽介は保健室に向かって駆け出した。

胸騒ぎが収まらない。

もしも二人が本当の恋人同士という関係なら、ここで飛び込んでしまうのは無粋に他ならない。

けれども……。

楓の言った言葉を、陽介は確かめてみたかった。


陽介は保健室の扉を力任せに引き開けた。

「雪!」

影月の腕の中には意識を失っている雪の姿。

「影月、お前っ!」

「おいおい、誤解しないでくれよ。話しこんでいるうちに彼女が気分を悪くしてしまったんだ」

「だったら俺が連れて帰る」

雪の着衣に僅《わず》かな乱れがあるのを陽介は見逃さなかった。

「雪を返せよ、連れて帰る」

影月に近づき雪を奪い返そうとする。

「分かったよ。そんなに疑うんなら君が連れて帰ってあげるといいよ」

影月はベッドに雪を下ろして肩をすくめた。

「雪！」

陽介はベッドに駆け寄った。

意識があったのはそこまでだった。


陽介が目を覚ますと、そこは倉庫のような見たことのない場所だった。

気を失ってからそんなに時間は経《た》っていないはずだ。

だったら、ここは校舎の中なのだろうか。

手足は椅子《いす》に縛られていて身動きもできない。

体を動かそうとすると、頭が鈍く痛んだ。

影月を押しのけて雪を助け出そうとして。

その直後に背後から鈍器のようなもので殴《なぐ》られたのだと思い出した。

辺りを見渡してみる。

薄暗いためか、積み上げられた荷物は要塞のような威圧感があった。

それがどんな類《たぐい》の荷物なのかは、文字を読み取れないので分からない。

「ようやくお目覚めかな」

懐中電灯のようなものでふいに光を当てられて、陽介は眩《まぶ》しさに目を背《そむ》けた。

目の前に立っていたのは影月だった。

「あまり暗すぎるのも面白くないからね。明かりを点《つ》けよう」

影月が倉庫の隅《すみ》にあるらしいスイッチを押した。

一気に明るくなった倉庫を見まわして、陽介は目を見開いた。

古ぼけたソファの上に雪が寝かされている。

まだ……乱暴なことはされていないようだった。

「影月っ！　ここはどこだ！　雪をどうするつもりだ！」

「さて、どうしようかな」

影月はまるで涼しい顔をして言った。

「君はどうして欲しい？」

「ふざけるな！　さっさとこの縄を解《ほど》け！　こんなことをしてタダで済むと思うなよ！」

「じゃあ縄を解くのは止《よ》しておく」

まるでゲームでも愉《たの》しんでいるかのような影月の言葉に、陽介は苛立ちをつのらせた。

「ここはどこなんだ！」

「知らないのか？　まあ無理はないけどね」

陽介はもう一度、倉庫の中を見渡す。

積み上げられた荷物をよく見ると、どうやら学校宛《あて》のものであることが分かった。

「校舎の中なのか？」

「さあ？　まあ、保健室だと目立ちすぎるからね」

「くそっ！」

余裕たっぷりに構えている影月に怒りがこみ上げてくる。

陽介は縄を解こうと必死に抵抗した。

しかし、ずいぶん強く縛りつけてあるらしく、少しも緩む気配がない。

「さて……」

影月はゆっくりと雪に近づいた。

「やめろ！　雪に近づくな！」

必死に椅子から逃れようとしているうちに、陽介は椅子ごと床に転げた。

けれども、顔だけを上げてそれでも陽介は雪を助けようと必死に床を這《は》った。

それを影月は冷たく眺めた。

「往生際が悪いね」

影月は雪の傍《そば》を離れて再び陽介のところへ来ると、倒れた椅子ごと陽介を引き起こし、今度は椅子とともに柱に縛りつけた。

「観客席の完成、と。どうだい眺めは？」

「放せ！　雪をどうするつもりだ！」

影月が雪にしようとしていることは、陽介にも予測できた。

陽介が縛りつけられた位置からは、目を離さない限りその場が一望できる。

ますます怒りが込み上げてくる。

しかし、ふと陽介は考えた。

ここがもしも校舎なのだとしたら、こうして時間を稼いでいるうちに、声を張り上げているうちに、誰かが助けに来るかもしれない。

ひょっとすると、小麦が帰りの遅いのを心配して、理事長か誰かに報告して、そうすれば、校舎にも誰かが来るかもしれない。

ここが学校の中だとしたら、まだ可能性はある。

とにかく、時間を稼がなければ――。

そう陽介は思いなおした。

「……先生は、いい人だと俺は思っていた……」

陽介は語りかけるように言う。

「どうしてこんなひどいことをするんですか？」

再び影月は足を止めた。

（いいぞ……このまま……）

陽介は話を続けた。

「何か理由があるんでしょう？」

努めて冷静に、影月の興味をこちらに向けなければ。

「せめてその理由を聞かせてくれませんか？」

「理由……ねえ」

影月は陽介に向き直った。

「君ならすっかり理解してると思ったんだけどな」

「分かりません。だから教えて欲しいんです」

陽介はうって変わって懇願するように影月を見上げた。

それが功を奏したのか、影月は少し表情を和らげた。

「分からないとは、難儀なことだね。確かに。君は自分の犯した罪を知る権利がある」

陽介は驚いたように目を見開いた。

「俺が、いったい何をしたんですか？」

「何を？」

そう言ってから影月は思い立ったように笑い出した。

「何がおかしいんですか？」

ひとしきり笑い終えた後、影月は憎しみをこめた目で陽介を睨《にら》みつけた。

「何をしたのか分からないだって？　それは本気で言ってるのかい？」

「本気です。心当たりがありません」

影月はやれやれ、というふうに首を振った。

そして陽介を見据《みす》えて言い放った。

「僕よりも若葉さんに近い男が許せないからだよ」

陽介は一瞬、影月が何を言っているのか分からなかった。

「若葉さんって？」

「若葉さんに近づく男は許さない。誰であろうと。侮辱する者もまた同じだ」

「だからってこんなことが許されるとでも思っているのか。若葉さんは犯罪者なんか好きになったりしないぞ！」

「犯罪……それを言うなら、君の犯した罪は罪でないとでもいうのか？　罪は裁かれなければならない。そうだろう？」

常識でものを言っても、この男……今の影月には通用しない。

陽介はようやくそれを理解した。

一人の女性に対する嫉妬心《しっとしん》で、ここまでの犯罪を犯す。

そしてそれを当然のことと理解している影月には、罪悪感などこれっぽちもない。

影月には、陽介にはとうてい理解できない理屈と信念がある。

そして彼はそれに忠実に従って行動している。

陽介ははっと気づいた。

「じゃあ、若葉さんにつきまとっていたストーカーっていうのは……」

「ストーカーと言うな！」

影月は驚くほどの怒声を上げた。

そして柔らかく微笑む。

「まあ、世間一般ではそう言うらしいけどね。ただ欲望を撒《ま》き散らしているだけの馬鹿者と僕を一緒にされるのは非常に不愉快だ。そういう勘違いはやめたまえ」

本当に不愉快そうに、影月は顔を歪《ゆが》めた。

「だから雪に近づいたのか？」

「そうだよ」

そんなことも分からなかったのか、という風に影月はため息をついてみせた。

「僕がひどく傷ついた以上に、君は傷つく義務がある」

「そんな滅茶苦茶《めちゃくちゃ》な理屈があるもんか！」

怒りというよりは、呆《あき》れたといってもいい。この男はくだらない嫉妬心で、雪を傷つけ、汚そうとしている。

「楓に何かしたのもお前だな」

「彼女は若葉さんを侮辱した」

影月は顔色を変えることなく、さらりと言ってのけた。

話がまったく通じない。

「彼女……楓の場合は、いろいろと弱みが多くてね。今ごろはきっと、とても反省していることだろう」

「楓にいったい何をしたんだ！」

「おやおや、さっきまでの殊勝な態度とはえらく違うんだね」

「うるさい！　楓に何をした！」

ぱん、と陽介の頬《ほお》を打つ音が響いた。

「うるさいのは君のほうだ。ここでは僕のほうが圧倒的に有利だということを忘れないことだね」

そう言ってから影月は何かを考えるように首を傾げた。

「そう……、楓の友人が学校からいなくなったことを知っているかい？」

「人から聞いた」

「彼女が親友だと勝手に勘違いしていた子だったけどね、ちょっとした悪戯《いたずら》をしてやったのさ。女をひどく傷つけるには、方法はひとつしかないだろう？」

影月はにやりと笑った。

「そしてその時の映像を楓に見せてやった。僕はその子を犯しながら、楓の本性を言ってやった。その子には知る権利があるからね。どうして自分がこんな目に遭《あ》うのか」

「楓の本性っていったいなんだよ」

まわりくどい言い様に、陽介は苛立ちをつのらせる。

「彼女は若葉さんを孤児だと侮辱した。けれども、その楓自身がまぎれもない孤児だったんだよ」

陽介は唖然《あぜん》とした。楓は両親に愛され、幸せな暮らしをしているのではなかったのか。

「僕に犯されながら、その子は楓を呪《のろ》う言葉を吐きつづけた。そりゃあ、楓のせいでこんな目に遭っているんだから当然だろう。そして学校から立ち去った。自分を呪う友人の言葉を耳に焼きつけた楓は、ひどくショックを受けていたみたいだけどね」

楓のあの時の苦悩する表情が蘇《よみがえ》る。

影月は、すべては楓が悪いのだとでも言いたいのだろうか。

楓が若葉を侮辱したことは確かに良くないことだ。

だからといって、影月が楓の親友に乱暴を働いたことを正当化する権利はない。陽介はそう思った。

「ひどいことをするんだな？」

「ひどいこと？」

影月は怪訝《けげん》そうに顔をしかめた。

「じゃあ、彼女が若葉さんに言った言葉はひどくないとでもいうのかい？」

「それは確かにひどいかもしれない。でもお前にそれを裁く権利なんてないだろう！」

「あるさ」

そう言って影月は笑った。

「あるのさ。僕は若葉さんのために生きているのだから」

ひどく歪んだ愛情。

それが影月のどんな卑劣《ひれつ》な行為をも正当化させてしまう。

ソファのほうからカタンと音がした。

ゆっくりと起き上がった雪は、目の前の現場を見て愕然《がくぜん》とした。

「いやっ！　陽介に何をしたの？」

椅子に縛られた陽介の姿に、雪は驚いて声を上げた。

「ずいぶんと無駄《むだ》な時間を過ごした。では、そろそろ本番といこうか」

影月はにやりと笑った。

「本番ってなんなんだよ！　雪に近づくな！」

影月はもう陽介には興味をなくしたようで、真《ま》っ直《す》ぐに雪のもとへ向かう。

「てめえ！　雪を放しやがれ、変態！」

壁際にはすでにビデオカメラが設置してあった。

「君が騒ぎ立てれば、これから起こる素敵なショーの一部始終が、他の人の目にも触れることになる」

陽介は唇を噛《か》んだ。それはつまり、雪が影月によって犯される場面が、警察などの第三者に晒《さら》されてしまう、ということが言いたいのだろう。

「雪が、僕に犯されるすべてのシーンが後で実況検分されるんだろうね。何度も、何度も……」

くくっと影月は笑った。

「僕を警察へ突き出せば、ビデオはぜんぶ証拠品として提出して、みんなにも見せてあげるよ。すべてが綺麗《きれい》に映るように、カメラの位置や照明にも凝《こ》ってみたんだ」

影月の言うとおり、まるでスタジオのような照明機材がそこにはあって、雪と影月を照らしていた。

ずいぶんと影月は『場慣れ』しているように見える。

おそらくは、他の生徒の中にも、影月の犠牲になった者もいるのだろう。

気さくな影月にうっかりと若葉のことを悪く言ってしまった生徒は、影月に傷つけられ、撮影したビデオを盾《たて》に取られて、警察に訴えることもできなかったのだろうか。

陽介は吐き気のしそうな思いで影月の言葉を聞いていた。

「だったら雪は関係ない。俺に文句があるんなら、殴るなり好きにすればいいだろ!」

「君を殴ったところで、どれくらいの痛みを与えられるっていうんだ?　それよりも……」

そう言ってさらに影月は雪に歩み寄った。

「こうして!」

「きゃあああああっ!」

影月は手にしたメスで雪の衣服を引き裂く。

「やめろ――――っ!」

陽介は声の限りに叫んだ。

「ほら。このほうがずっといいじゃないか」

影月は悔しそうに唇を噛む陽介を見ながら言った。

雪の制服の前はすっかりはだけている。

それでも必死に雪は胸元を隠そうとした。

「雪！　逃げろ！」

陽介は叫んだ。

「君が逃げれば、後で君の大事な王子様がどうなるか……」

影月は雪の耳元で囁《ささや》くように言った。

「人でなし」

「そういう言葉づかいは感心しない」

影月は雪をソファに無理やり座らせた。

「足を開いて」

影月は床に跪《ひざまず》き、雪の膝《ひざ》の辺りからその部分を眺めている。

「陽介君がどうなってもいいの？」

雪は固く唇を噛んだ。

「自分で開いて見せるんだ」

雪は言われた通りにそろそろと足を開いた。

「もっと広げて」

厳しい口調で叱咤《しった》されて、雪は陽介のほうを見る。

「お願い陽介！　見ないで！」

泣き叫ぶように雪は言った。

「やめろ――――っ！　雪を放せ――――っ！」

声の限りに陽介は叫ぶ。

叫ぶことしかできない。

雪は影月の命令通りに足を開く。

「いい子だね。じゃあ次は自分でスカートを上げて」

悔しさに涙が込み上げてくる。

けれども、目の前の影月は、容赦《ようしゃ》なく雪の動向を注視していた。

雪は目を伏せ、スカートの裾《すそ》を持ち上げ、影月に自分の秘部がよく見えるようにした。

(陽介が……助かるのなら……)

それだけを考える。

今自分が抵抗すれば、この男は陽介をどうするか分からない。

「うん、良くできた。じゃあ、ちょっと検診してみるかな」

影月の手が雪のショーツに触れた。

「い……やぁっ……」

ぴくんと体が震える。

「やめろおぉぉ――――っ!!!!」

陽介はもう目を向けることができなかった。

影月の指は容赦なく雪の秘部をまさぐる。
執拗《しつよう》な影月の動きに、辛さが増してくる。
「やっだっ……んっ」
一番敏感な部分を唐突に刺激されて、雪は思わず声を上げてしまった。
それは拒絶の意味を込めたものだったが、影月はそうとはとらなかったらしい。
陽介がどんな顔をしているのかも、涙と汗で滲《にじ》んで見えない。
「いやっ……もう……やめてください……」
それは心の底からの懇願だった。
これ以上辱《はずかし》められるくらいなら、舌を噛み切って死んでしまいたい。
本当にそう思った。
しかし、それも許されないのだろう。
彼は陽介を好きにできる。
影月を満足させなければ、陽介を助けることができないのだ。
嫌悪と恐怖で噛み殺した声は、影月の欲情をさらに駆りたてる。
諦《あきら》めたように雪は全身の力を抜いた。
いっそ早くすべてが終わってしまえばいい。
「雪ぃ――――っ!!」

陽介の声も遠くに行ってしまったようだった。

観念した様子の雪を見て、影月は雪の体をソファに横たえた。

すっかり屹立《きつりつ》した股間《こかん》のモノが、体に触れた瞬間、顔をしかめた雪を見て、面白そうに影月は笑った。

「まだまだ、夜は長いよ」

いやらしい声が全身にまとわりつく。

雪はきゅっと目を閉じ、唇を噛んで耐えていた。

影月の手が雪の乳房に触れた。

また体を硬く強張《こわば》らせる。

影月が忍び笑う声が、惨めさをさらに実感させた。

その時だった。

突然、激しく扉の開く音がした。

「そこまでにしておくんですな」

倉庫に声が響いた。

「だ、誰だ！」

扉の前に立っていたのは理事長だった。

そしてその後ろに楓。

「楓さんから事情を聞きましてね。一緒に捜しまわっていたところだったんですよ。いやあ、早く見つかって良かったですな。ほっほっほっ」

「理事長……」

陽介は心から安堵《あんど》した。

能天気な理事長の笑い声が、いつもとは違って頼もしく聞こえる。

「影月クン、キミの所業はすべて把握しています。おとなしく観念することですな」

「誰であろうと邪魔をする者は許さん！」

影月はポケットに忍ばせたメスを取り出すと、理事長に切りかかった。

理事長は素早い動きで影月の腕を捕らえると、そのまま腕をねじり上げた。

「実戦からは離れていましたが、キミのような小童《こわっぱ》にやられてしまうほど腕はなまってはおりませんよ。ほっほっほっほっ」

ねじり上げられた影月の手から、メスがぽろりと零《こぼ》れ落ちた。

「ほっほっほっ。アフリカ奥地でアトゥ神を信じる原住民と戦った時のほうが、まだまだ迫力がありましたな」

理事長のとてつもない力に影月は観念し、その首をうな垂れた。

やがてほどなく警察の手に影月の身柄は引き渡された。

その時に物凄《ものすご》い形相で陽介を睨みつけていた影月の顔を、陽介は忌々《いまいま》しく覚えている。

雪は気丈にも警察の事情聴取に応じた。

レイプ事件の場合、被害者が取り調べを拒絶することが多く、犯罪の立件が難しいと聞いたことがある。また、起訴前に示談が成立してしまうことも多いらしい。

仮に立件されたとしても、犯人を有罪に追いこむには、被害者が法廷であらゆる尋問に耐えなければならない。

現に、アメリカではレイプ犯が無罪になることも少なくはないという。

しかしながら今回の事件の場合は、陽介という証人がいる。

また押収されたビデオテープなどもあることから、影月の有罪は確定的だと警察は言っていた。

けれども、楓をのぞく他の被害者の事情聴取はまだ叶《かな》っていないらしい。

保健医の影月が警察に捕まった、という衝撃的なニュースは、すでに翌日には学校中に広まっていた。

そしてしばらくの間、校内はこの話題でもちきりだった。しかし、それらの騒ぎもようやく収まり、学校は落ちつきを取り戻しつつある。

陽介は一日も早く、騒ぎが収まることを望んでいた。

校庭を足早に歩いていた陽介はふと足を止める。

「楓！」

陽介は校庭で楓の姿を見つけて呼び止めた。

「なによ」

相変わらずの態度に陽介は少し噴き出した。

「いや……礼を言わないと、と思って」

「お礼なんて結構よ。あんたに言われると気味が悪いもの」

まんざら不服ではなさそうな言い方だった。

「本当にありがとう。楓が理事長を連れてきてくれなければ、あの後どうなっていたか分からない……」

「もういいわよ。私はあいつが裁かれればそれで十分だから」

楓はそう言って少し笑ってみせた。

「用はそれだけ？　だったら私行くけど？」

「あ、ああ。引きとめて悪かったな」

強がりを見せているが、影月の事件が公になったことで、楓が孤児であることは、他の生徒たちの知るところとなってしまった。

取り巻きたちは立ち去り、楓は孤立無援の状態だ。

第三章　仕組まれた罪と罰

もともと、楓が金持ちの令嬢《れいじょう》だと信じて近づいていた者ばかりだったのだから、無理もない話かもしれない。

楓は最初からこうなることを覚悟していたのだろうか、と陽介は思った。

ひょっとすると今は強がりを見せているだけかもしれない。

気にはなったが、そこから先は、陽介が踏みこむべきでない領域だと思った。

楓はどこかほっとした気持ちだった。

影月が捕まったこともあるが、何より、自分の『嘘』がバレたことが。

これでもう、何も偽らなくて済む。

そしてみごとに離れていった友人たち。

時々、廊下の隅で彼女たちに囲まれて罵りを受けることもある。

けれども、辛いという気持ちがなくはないが、それが

真実なのだと思うとほっとするという気持ちのほうが強い。

もう、自分には偽りは何もない。

楓は数ヶ月前に両親を事故で失った。

本当に、突然の出来事だった。

この学校に入学する直前の出来事だった。

楓はそれを認めたくなかった。

自分は両親に愛される資産家の令嬢。

そういう体裁を繕《つくろ》うことによって、哀《かな》しみを忘れようとした。

孤児院出身の陽介や雪を罵ることによって、自分の現実を忘れたかった。

そんなひどいことをしてきたにもかかわらず、思いもしない優しい言葉をかけられることはとても辛い。

まだ罵られる方がマシだと楓は思っていた。

校庭を見渡せるポプラの木の下。

楓は影月に汚された友人のことを思い出す。

影月に見せられたビデオの中で、楓に対する恨みの言葉を叫びつづけた彼女。

取り返しのつかない罪は、いったいどうやって償《つぐな》えばいいのだろうか。

若葉に異常な執着を見せていた影月は、若葉を侮辱した楓に復讐《ふくしゅう》するために、楓の友人を傷つけた。

(私のせい……)

自分が傷つけられるのならまだ耐えられる。

けれども……。

手の甲にいくつかの雫《しずく》が落ちた。

影月が捕まっても、彼女が癒《いや》されることはない。きっと一生……。

ふと、人影が動いたのを感じた。

楓は慌てて瞳をこすって顔を上げた。

「元気がないね」

楓が驚いて振り返ると、萌之丞が皿を両手に持って立っていた。

「新しいメニューを思いついて作ってみたんだけど、ぜひ楓さんに試食してもらえないかなと思って」

楓は驚いたように萌之丞を見つめた。

「どうして……」

「楓さんに真っ先に食べてもらいたかったんだ」

楓は萌之丞から目を逸《そ》らした。

「知ってるよね、私のこと……」

萌之丞は黙って頷いた。

「怒ってるよね？」

うん、と萌之丞は言った。

「黙っててごめんなさい。それに孤児の人を悪く言ったことも」

萌之丞は黙って楓の話を聞いていた。

「両親が亡くなって……私、すごく辛かったの。でもみんなの前では幸せなふりをしていたかった。私は、貴方《あなた》たちと違って両親もいるしお金もあるしって……最低だったよね……」

楓は両手で顔を覆った。

「違うよ、楓さん」

萌之丞は楓の隣に腰を下ろした。

「僕が怒ってるのは、どうして影月に脅迫されてたことを相談してくれなかったのかってこと。捕まったから良かったけど、もしもずっと続いてたらって思うと……」

楓は萌之丞の言葉に驚いたように顔を上げた。

「そりゃあ僕はまだコック見習いで見た目も頼りなくて、陽介くんみたいに男らしくもないけれど……」

「そんなことない！」

楓は強く首を振った。

「星くんはこんな私にだって優しかったもの。本当は相談したかったの。でも、嫌われたくなくて」

「楓さん……」

「でもね……不思議だけどほっとしてるんだ……。これが本当の現実なんだってやっと分かったから……」

「なんとなく、言ってるの分かる気がするよ」

萌之丞は頷いた。

「嘘を真実にするためには、もっと大きな嘘が必要になるもんね。辛かったでしょう?」

楓は顔を背けた。

「ごめん……私に泣く権利なんてないのに……」

「そんなことないよ。楓さんはずっと一人で堪《こら》えてきたんだから。もう泣くのを隠す必要なんてない」

「違うの。私のせいで……友達が……」

「それは楓さんのせいじゃ……」

「私のせいよ！　そう言ったの、影月が！　私を苦しませるために友達を襲ったんだって」

「楓さん、それは間違ってる。一番悪いのはその子を傷つけた影月だ。それを見誤っちゃいけない。でないと、影月は罪がないことになる。そんなこと絶対に許しちゃいけない」

　楓ははっと顔を上げた。

「あの事件が楓さんのせいで起こったっていうことになんてなったら、影月を擁護《ようご》するのと同じことだと僕は思うよ。キツイ言い方かもしれないけど、楓さんは影月を庇うつもりなの？」

「そんなこと……」

「じゃあそういう考えはもうよそうよ。月並みな言い方かもしれないけれど、楓さんが事件を乗り越えることが、その子にとっても一番良いことなんじゃないかな。傷は消えないかもしれないけれど、乗り越えていくことはできると思うし」

「星くん……」

「楓さんが頑張ったぶんだけ、その子も頑張ってるんだって、そう思うことにしようよ」

　そう言って萌之丞は笑った。

「その……頼りにはならないかもしれないけど、いつだって胸くらい貸してあげるからさ……」

　楓は顔を紅く染めた萌之丞を見て、少し笑った。

　そしてその胸に飛び込んだ。

　皿を落としそうになった萌之丞は、慌ててバランスを保ちながら楓を受け止める。

「その……本当に頼りないんだけど……いいのかな……」

「うん……うん……」

楓は今までためていた涙をぜんぶ流すかのように、萌之丞の胸の中で泣いていた。

第四章　記憶の欠片を探して

事件の後、雪は理事長の勧めもあって、しばらく学校を休んでいた。学校では雪が被害者であることを公表してはいないものの、やはり人の口には戸は立てられない。

楓と同じように、興味本位の視線に晒《さら》される雪を見るのは、陽介も辛《つら》かった。

雪は表面上は、何事もなかったかのように振る舞っている。しかし、元気そうなふりはしていても、時々、塞《ふさ》いだ顔でいるのが気にかかった。

陽介はそんな雪にどう声をかけていいか分からなかった。

とりあえずは挨拶《あいさつ》程度に言葉を交わすくらいで、事件についての話をすることはまったくなかった。

もっとも、陽介もあの忌まわしい事件のことを思い出したくはない。

雪を守れなかった、という罪悪感でいっぱいになってしまう。

みっともないところを見られてしまった、という気まずさもあった。

ほんの少しの用心があれば、陽介が影月に捕らえられることはなかったかもしれない。

陽介が焦って雪を助けようとした結果、雪にとっては辛い傷を作ることになってしまったのだ。

それでも努めて声をかけるように努力はしていた。

「よ、よう……」

「おはよ」

第四章　記憶の欠片を探して

「げ、元気か？」

「元気よ。どうして？」

たいがいがこんな調子なものだから、陽介は、だったらいいんだ、などと呟《つぶや》きながら立ち去るしかない。

雪自身も陽介の気遣《きづか》いを気づいていないわけではなかった。

けれども、雪には雪の罪悪感があった。

陽介の気持ちを手に入れたくて、影月を利用しようとしたこと。

この事実に免罪符が与えられることはないだろう。

そのために、陽介を危険な目に遭《あ》わせてしまったのだから。

雪はいつ、それを陽介に謝罪しようかと考えていた。

けれども、嫌われるのが怖《こわ》くて、どうしても言い出せない。

明日こそは言おう、そう毎日決めて寮を出ても、会えば結局何も言えなくなってしまう。

ほうっと雪はため息をつく。

罪の重さが日ごとに増していくような気がして仕方がない。

始業の鐘《かね》が鳴り響く。

雪は慌てて階段を駆け上がった。

「あら、よーくんに雪ちゃん」

放課後、いそいそと教室を出ようとしていた陽介たちを、若葉が引きとめた。

「ちょうど良かったわ。二人にお願いがあるの。街まで買い物に行って来てもらえないかしら？」

「え？」

「二人とも最近喧嘩《けんか》もしなくなっちゃったじゃない？　お買い物に行けばまた前みたいに仲良くなれるんじゃないかなと思って」

若葉はにっこりと微笑《ほほえ》んだ。陽介と雪は唖然《あぜん》と若葉を見返す。

「若葉さん……、それって普通、本人たちの前で言うことじゃないと思うんですけど……」

陽介は苦笑いした。

「ああ、そうねえ。行ってくれるわね、お買い物」

若葉は陽介の話などまったく聞いていなかったようだった。

「はあ……」

雪と陽介は互いに目を交わしながら言った。

「じゃあお願いね」

にっこり微笑んで、若葉は手を振った。

「若葉先生、あれじゃあ、ストレートすぎだよ」

萌之丞は呆《あき》れた声で言う。

「あら、でもうまくいったじゃない」

「そう……かなあ……」

この一件は、あの事件以後、ぎこちない関係の続く陽介と雪を心配した萌之丞が、若葉に相談したことで企《たくら》まれた。

にこにこしている若葉をよそに、萌之丞は二人の後ろ姿を見ながらため息をつく。

「二人は大丈夫だと思うけど」

隣にいた楓が笑う。

「まあ、楓さんがそう言うのなら……」

「あらあ、いつの間に？　先生も早くいい人見つけなくちゃ」

若葉がそんなことを言うので、萌之丞と楓は顔を赤らめて俯《うつむ》いてしまった。

「恥ずかしがることはないわよ。『仲良きことは美しきかな』ってね。聖書にも書いてあるでしょ？」

「若葉先生……それは聖書じゃないと思うんだけど……」

萌之丞はごく控えめに訂正した。

「あら、そうだったかしら。おかしいわね、毎日読んでいるのに……」

本当に不思議そうに若葉は言った。

半ば強引ではあるが、陽介と雪は街へ出かけることになった。二人で出かけることなど、本当に久しぶりだった。

「ったく、買い物ってこれかよ」

渡されたメモを見て、陽介は思わず呟いた。

「こんなの、購買にも売ってるじゃない」

メモをのぞきこんだ雪が言った。

買いそろえるのはボールペンを三本。

メーカーと店の指定だけはきちんとしてあった。

「ま、早く買って帰ろーぜ」

陽介は足早に目的の文具店をめざした。

「あ、待ってよ陽介」

雪が小走りにそれを追う。

それを見て陽介は立ち止まった。

「悪い。早すぎたか？」

「違うの。ぼうっとしてただけだから。気にしないで」

「大丈夫か？　顔色悪いぞ」

「何でもないの。本当に……気にしないで……」

それから店につくまで、雪はずっと俯いたままだった。

帰り道になって、陽介は思いきって声をかけてみた。

「なあ、雪」

雪はびくっと体を震わせた。

「ごめんな。俺《おれ》……早まったことしてお前を傷つけちまった……」

雪は瞳《ひとみ》を潤ませながら首を振った。

「違うの、陽介……。違うの……あたし……」

言いかけた言葉を何度も飲みこんだ。

陽介は戸惑った様子で雪を見つめて立ち尽くしている。

(言わなくちゃ……)

言いかけてまた首を振る。

「雪、もうやめよう。悪かった。辛いことを思い出させて」

悲しそうな陽介の顔を見るのがたまらなく辛かった。

「もうやめて！　謝らないで！」

気がつくと雪は駆け出していた。

雨がぽつりぽつりと降りはじめた。

交通量の多い交差点。夕方は特に車の行き来が激しい。

陽介はすぐさま後を追った。

激しいクラクションの音、そして急ブレーキ――。

「危ない、雪！」


雪は確かにトラックの大きな影を見た。

足がすくんで逃げることもできない。

影が自分に覆《おお》い被《かぶ》さる、そう思った時、誰《だれ》かの強い力で歩道へ突き飛ばされた。

人が集まってくる。

運転手の怒声が聞こえる。

放心状態で他人事のようにその様子を眺めていた。

けれども、車の脇《わき》に倒れた影を見て、雪は叫んだ。

「陽介――！」

激しい雨が、倒れた陽介の体に打ちつけていた。


命に別状がなかったのは不幸中の幸いといえるかもしれない。

救急車で病院に運ばれた陽介は、夜になってもまだ意識が戻らなかった。

外傷が少ないので、そのうちに目覚めるだろうと医師は言ったけれども、雪はベッドの傍《そば》を離れることができなかった。

「お姉ちゃん」

小麦が若葉とともに病室に入ってきた。

すでに軽傷である、と連絡が入ってはいたが、二人とも心配そうな表情で目を閉じたままの陽介を見つめる。

「雪ちゃん、病院のこととかは理事長がぜんぶしてくれたみたいだから安心してね」

若葉がそういうと、雪は申し訳なさそうに頭を下げた。

「お兄ちゃん……まだ起きないですか？」

雪はこれに答えることができなかった。

また自分のせいで陽介が――。

雪は自分を責めつづけていた。

「お兄ちゃん！」

小麦が突然声を上げた。

陽介がゆっくりと目を開けた。

「陽介！」

雪と小麦と若葉と。

三人が一斉に陽介の顔をのぞきこんだ。

陽介はしばらく三人を見比べて、不思議そうに尋ねた。

「貴方《あなた》たちは――誰なんですか？」

目覚めた陽介は記憶をすべて失っていた。

雪のことも小麦のことも若葉のことも、そして自分自身のこともまったく覚えていないという。

姿形は陽介に違いないのだが、どことなく醸《かも》し出される雰囲気はまったく別人のようにも見える。

検査の結果はまだ出てはいないが、事故で頭部に強い衝撃を受けたためではないかと医者は言っていた。

記憶喪失の件がなければ、とっくに退院しても良いくらいだった。

けれども、検査の結果が出るまでは安静に、と医者は入院を勧めた。

「お兄ちゃん」

そう呼ばれて、陽介は辺りを見まわしてから苦笑した。

「あ、そうですね。僕《ぼく》のことなんですね」

小麦は一瞬、悲しそうな表情を浮かべたが、それを振り払うように笑った。

「そうです。覚えててくださいです」

「そうだよね、ごめんね。あの……不思議に思ってたけど、小麦さんは僕の妹なの？」

「ち、違いますです……。小麦が勝手にそう呼んでいただけで……」

「そうだよね。身寄りがないから理事長さんが身元引受人になってくれてるって話だったし」

小麦は何も言うことができなかった。

陽介を焦らせてはいけないからと、雪と小麦は一日おきに交代で病院に見舞いに来ていた。

陽介から角を取ってしまえばこんな感じになるのだろうか、と昨夜雪と冗談交じりに話していた。

けれども小麦は思う。

ここにいる人には、陽介の面影なんて微塵《みじん》もない。小麦の知っている陽介は、ここにはいない。この陽介は別人だ。

「どうしたの？」

陽介が心配そうに小麦に声をかけた。

「な、何でもないです……」

「何でもないって……小麦さん、泣いてるの？」

「ご、ごめんなさいです……」

小麦はそのまま病室を飛び出した。

「そう……昨日そんなことが……」

小麦が泣きながら帰っていったことを聞かされて、雪は小さなため息をついた。

「僕は……とても悪いことをしているんじゃないかって思うことがあるんです……。記憶が早く戻ればいいいんですけど……」

「あ、焦る必要なんてないわよ。今はちゃんと安静にして、治療に専念しなきゃ駄目でしよ」

雪の言葉に、陽介は嬉《うれ》しそうな笑みを浮かべた。

「ありがとう。雪さんにそう言ってもらえると、とても気が楽になります」

「やだなあ、もう。雪さん、なんて言われたら調子が狂っちゃう。雪でいいのに」

「でも、女性を呼び捨てにするなんてできません」

陽介だったら、と言いかけて雪は言葉を飲みこむ。

その言葉を口にしてはいけないのだと、雪は感じていた。

今の陽介を焦らせてしまう。

焦りは記憶を取り戻すのを遅らせる可能性がある、と医者が言っていた。

「じきに退院できるみたいよ。今日、理事長が院長と話してたみたいだから。病院は退屈でしょ？」

「そんなことはないですよ。雪さんも来てくれるし。でも、僕は退院したらどこに帰るんですか？」

「寮よ。あたしたちと同じ」

「なんだ、男子寮がちゃんとあるんですね」

雪は言葉に詰まったが、陽介は女子寮の一室に住んでいたことを伝えた。

「そ、そんなことをして大丈夫なんですか？」

「大丈夫よ。理事長がそうしろって言ってるんだもの。気にすることないわよ」

しかし、陽介は明らかに困惑したようだった。


翌日、ようやく退院の許可が下りたことで、雪と理事長に連れられて、陽介は自分の棲処《すみか》である女子寮に戻った。

自分の部屋だ、と二人に言われても、やはりぴんとはこなかった。

まるで他人の家に上がりこんでいるような感じがする。

「部屋に戻れば何か思い出せるかと思ったんですが……」

そう言って陽介は首を振る。

「駄目ですね。何も思い出せません」

「陽介……」

「ほっほっほっ、焦る必要はありませんよ。事故前と同じように学校に通ってご覧なさい。そのうちに記憶は戻ると思います」

「はい……」

「いいですか、宇宙海クン。今日、院長からキミの症状についての話を聞いてきました。レントゲン、脳波、どれをとっても異常は見られなかったということです」

「理事長……それってどういう……」

言いかけた雪の言葉を遮って、理事長は話を続ける。

「つまり、キミの記憶喪失の原因は、外的損傷によるものではない可能性が高いということです」

陽介と雪はきょとんと理事長を眺めた。

「記憶喪失の原因として考えられるのは三つあるとされています。ひとつは物理的ショックによるもの、ひとつは薬物によるもの、そして最後に精神的な要因によるもの。当初は物理的ショックを原因として考えてきましたが、検査の結果ではそのような損傷や傷害は見られませんでした。つまり、宇宙海クン、どうやらキミの精神的な部分に大きな原因があるのではないかというのが、医師たちの下した結論だったのですよ」

「精神的な……」

「そうです。何かを忘れたい、思い出したくない、という気持ちが、事故をきっかけに記憶を封じ込めてしまったのではないか、ということですな」

「理事長……それって……」

身を乗り出してきた雪を、理事長は再び押し止めた。

陽介が忘れ去りたい記憶——。

それはきっと、雪が巻き込んでしまった影月の事件に違いない。

「原因が精神的なものである可能性が高い以上、焦りはますます禁物ですよ、雪クン」

「はい……」

雪は俯いた。

「すみません、皆さんにご迷惑ばかりおかけして……」

陽介は恐縮したふうに頭を下げた。

「ほっほっほっ。気にすることはないのですよ。皆、気心の知れた家族のようなものですからね。困ったことがあったらなんでも仰《おつしや》いなさい」

そう言われて、陽介はますます恐縮してしまった。

「ともかく、今のキミは新しい生活に慣れることが一番の課題です。この部屋での生活、学校での勉強、友人たちとのふれあい。その中にキミが失った記憶の欠片《かけら》が詰まっている。焦らずにゆっくりと探すことですな」

焦らずに、ゆっくりと探す――――。

陽介は理事長の言った言葉を反芻《はんすう》していた。

早く記憶を取り戻してしまいたい。

そう心から思っているのに、理事長の話では、陽介自身がその記憶を封じ込めてしまっているらしい。

見つけ出したい。

自分がいったい何者なのか。

何を恐れて記憶を閉じ込めてしまったのか。

翌日から陽介は学校に登校することになった。

クラスの生徒たちも事情を承知していたようで、知らないことを聞かれて戸惑う、というようなことはなかった。

「授業はどう？　分かる？」

休み時間、雪は心配そうに声をかけてきた。

「どうやら分かってる……みたいです……」

本来なら今まで受けた講義の内容なども忘れていても不思議ではないはずなのだが、陽介はすべてをきちんと理解していた。

「そう。他《ほか》の先生はいいんだけど、次は礼儀作法だからね。ちょっと覚悟しておいたほうがいいかもしれないわよ」

「か、覚悟ですか？」

「ウソよウソ。大丈夫よ。きっと園子先生も事情を聞いているはずだし。そんな意地悪はしないと思う」

そう言って雪は笑った。

「なんだ……驚かさないでくださいよ。それでなくても、ずっとビクビクしながら授業を受けているのに」

無理に予習をしてくる必要はないと言われたけれども、陽介は不安でいっぱいだった。けれども、予想以上にすんなりと理解できたので、ほっと胸を撫《な》で下ろしていたところだったのだ。

雪はそんな陽介の様子がおかしくて噴き出した。

その日の授業は実習室で行われた。

予鈴が鳴り終わって園子が教室に入ってくると、どことなく緊張感が漂ってくる。

「今日はアフタヌーンティーの正しい接待でしたね。では宇宙海陽介さん、前へ」

一瞬、教室がざわめいた。

「どうしたのですか？　記憶喪失だとはお聞きしましたが、予習さえしていれば簡単なことです。それとも……記憶喪失という現実に甘んじて、勉学を怠ったと認めるのですか？」

そこまで言われて、陽介は戸惑いながら立ち上がった。

「バトラーが紅茶の淹《い》れ方も知らないのでは困ります。さ、やってご覧なさい」

「は、はい」

クラスの生徒たちは陽介を気の毒そうに眺めていた。

女子生徒でさえ、正式なマナーを完璧《かんぺき》に、といわれると手順をついうっかり忘れてしまう。

つい先頃《さきごろ》、陽介も、さんざん園子にしぼられていたクチだった。

しかも今回は、これまで学んできた作法の応用で、ただアフタヌーンティーの作法をその通りに実践すれば良いというものではなかった。

主人に仕える使用人として、客と主人の会話や雰囲気を邪魔しないように、必要とされることだけを状況に応じて素早く判断して動かなければならない。

作法を熟知した上で、さらに客や主人の望むことを察して対応することが必要だった。

ところが、陽介はこれらの作業を難なくこなしてしまった。

その様子に園子だけでなく他の生徒たちも驚いた。

「んまあ！」

陽介の様子が信じられない園子は、自ら主人役になると、抜き打ちで課題を出してきた。

しかしどの課題にも、陽介は完璧な対応で応《こた》えた。

「完璧！　素晴らしいわ！　無駄《むだ》のない動き！　バトラーの基本です！」

「は、はあ……」

陽介は園子がこれほど歓喜していることが不思議でたまらないようだった。

「ようやく本気におなりになったのね、宇宙海陽介さん……」

園子の瞳にうっすらと涙が浮かんでいた。ハンカチを取り出しそれをぬぐう。

「あ、あの、お泣きになるほどのことでは……」

「これが泣かずにいられましょうか！　出来の悪い子ほど可愛《かわい》いとは申しますけれど、貴方ほど出来の悪い生徒にめぐり合ったことはございませんでした。それが……」

「は、はあ……」

「可愛い子には旅をさせろとは、まさにこのことなのですね……」

教室は異様なムードに包まれていた。

「あれくらいのことであんなに誉《ほ》めてもらえるなんて、少し照れますね」

　雪は少しむっとしたような顔をした。

「貴方にとってはあれくらいのことでも、陽介にとっては難しいことだったのよ」

「雪さん、僕は陽介じゃないんですか？」

「よ、陽介だけど……。違うの！　陽介はもっと……」

　そう言いかけて、雪は俯いた。

「あ、ごめんなさい……」

「いいえ、いいんです。記憶がないせいでご迷惑をおかけしているのは、本当のことですし」

　自分の知らない陽介の姿を見ることが、雪にとっては苦痛だった。

　けれども記憶のない陽介を責めるわけにはいかない。

　焦らせてはいけないのだと、何度も自分に言い聞かせてきたはずなのに。

　ひとつ深呼吸をしてから、気を取りなおすように雪は陽介を振り返った。

「ねえ、授業が済んだら明日の課題を一緒にやらない？」

「ああ、明日は茶菓子を作って持っていかなくちゃいけないんですね」

　メイドのためのカリキュラムだから、当然、料理の実習がある。

　明日もそのカリキュラムのひとつで、『秋』をテーマにした茶菓子を作ることが課題として出されていた。

「ありがとう、助かります」

陽介は嬉しそうに笑った。


昼休憩を知らせる鐘の音とともに、小麦はリリィと陽介のところへパタパタと駆け寄ってきた。

陽介は戸惑いながら二人を見比べる。

「えっと、小麦さんと……」

「リリィ・スバルです」

リリィに無表情に言いなおされて、陽介は苦笑いした。

「あ、そうだったね。覚えることがたくさんで……」

リリィはそんな陽介に目をくれることもなく、小麦のほうを見て頷《うなず》いた。

「リリィちゃん……本当にいいですか？」

「私《わたし》が読んだ本にはそう書いてありましたから」

「どうしたの、二人そろって」

何やら神妙そうに話す二人を見て陽介は言った。

「お兄ちゃん、ちょっとだけ後ろを向いてもらえるですか？」

「え？　いいですけど……」

陽介は首を傾《かし》げながら言われたとおりにした。

「お兄ちゃん、ごめんなさいです！」

と言うやいなや、小麦は手に持っていたテニスのラケットで陽介の後頭部を一撃した。

「うわっ！　いたたたた……」

その衝撃に陽介は膝《ひざ》をつき、殴《なぐ》られたところを押さえた。

「ど、どうしたんですか、小麦さん……」

陽介は何が起こったのか分からず、あたふたと小麦を見上げた。

「ああ、駄目だったです……」

小麦はしょんぼりとうな垂れた。

リリィは何事かを考えるようにしてから、小麦の袖《そで》を引っ張った。

「あと他に考えられる方法は、記憶喪失になった時と同じ条件でショックを与える。これいいかもしれません」

「え？　もう一回交通事故に遭うですか？」

「はい」

「ちょっと二人とも！」

傍でその様子を見てしまった雪がたまらず声をかけた。

「そんなことしてたら陽介の命がいくつあっても足りないわよ」

「いや雪さん……彼女たちを叱《しか》らないであげてください。僕のために一生懸命考えて……いたたたた……」

小麦に殴られたところが痛んで、陽介は再び頭を押さえた。


放課後、調理室を開けてもらって、雪と陽介はそれぞれ自分の茶菓子を作り始めた。

「器用ねえ」

陽介の包丁さばきを見て、雪は感心したようにため息をついた。

「本当の僕はこんなんじゃない、ですか？」

陽介は雪を少しからかうような口調で言った。

「そ、そういうことが言いたかったわけじゃないけど……」

雪は慌てて自分の手元に目を向けた。

「雪さんこそ、無理しなくていいですよ。前の自分と違うところを指摘してもらえれば、それだけ記憶が戻るのも早くなるかもしれないし」

そう言って陽介は笑った。

「それに、あんまり気を遣われてばかりだと、息が詰まってしまいます」

「そうね……ごめんなさい……」

「謝るのももうなしにしましょう。雪さんはいつも僕に謝ってばかりだ。僕は雪さんに感謝こそしても、謝ってもらうような覚えはひとつもないですからね」

無邪気に笑う陽介の横顔が雪にはとても辛かった。

事故に遭ったのも自分のせいなら、記憶をなくした原因も自分にある。

陽介は事故に遭う直前、雪に謝罪をしようとしていた。

それは陽介が影月の一件をずっと気に病んでいた証拠に他ならない。

だとすれば、それを思い出したくなくて、記憶を閉じ込めてしまったと考えるのが順当だろう。

「……さん……雪さん……」

「あ、ごめん。ぼうっとしてて……」

「いいえ。僕のほうはもう終わります。手伝いましょうか？」

「ううん。大丈夫。あたしもあと少しだから」

「遅かったです……。待ちくたびれてしまいましたです……」

調理室を片付けて寮に戻ったのは、辺りもすっかり黄昏《たそが》れてきた頃だった。

小麦は二人の帰りをずっと寮の玄関で待っていたのだ。

郵 便 は が き

切手を
お貼り
ください

166-0011

東京都杉並区梅里2-40-19
ワールドビル202
株式会社パラダイム
PARADIGM NOVELS
愛読者カード係

住所 〒 TEL ( )			
フリガナ 氏名		性別	男 ・ 女
		年齢	歳
職業・学校名		お持ちのパソコン、ゲーム機など	
お買いあげ書籍名		お買いあげ書店名	
E-mailでの新刊案内をご希望される方は、アドレスをお書きください。			

PARADIGM NOVELS 愛読者カード

　このたびは小社の単行本をご購読いただき、まことにありがとうございます。今後の出版物の参考にさせていただきますので下記の質問にお答えください。抽選で毎月10名の方に記念品をお送りいたします。

●内容についてのご意見

(　　　　　　　　　　　　　　　　　　　　)

●カバーやイラストについてのご意見

(　　　　　　　　　　　　　　　　　　　　)

●小説で読んでみたいゲームやテーマ

(　　　　　　　　　　　　　　　　　　　　)

●原画集にしてほしいゲームやソフトハウス

(　　　　　　　　　　　　　　　　　　　　)

●好きなジャンル（複数回答可）

□学園もの　□育成もの　□ロリータ　□猟奇・ホラー系
□鬼畜系　□純愛系　□ＳＭ　□ファンタジー
□その他（　　　　　　　　　　　　　　　　）

●本書のパソコンゲームを知っていましたか？　また、実際にプレイしたことがありますか？

□プレイした　□知っているがプレイしていない　□知らない

●その他、ご意見やご感想がありましたら、自由にお書きください。

ご協力ありがとうございました。

少し拗《す》ねたような目で小麦は二人を見上げた。

「悪かったね。これ、さっき作ったばかりのやつだけど、小麦ちゃんにあげるよ」

陽介は自分の作った菓子を小麦に手渡した。もともと、小麦のために余分に作っておいたものだったのだが。

「お兄ちゃんが作ったお菓子なんて大丈夫なんですか？」

小麦は少し意地悪な顔をした。

以前に小麦は陽介の作った料理を食べて気分が悪くなったことがあったからだ。

「それが不思議なことに本当に大丈夫なのよ。すごく美味《おい》しかったわよ」

そう言って雪は笑った。

小麦はひとつ取り出してみた。

それはどんぐりを象《かたど》ったクッキーだった。

「『秋』がテーマだって言ってたから、どんぐりにしてみたんだけどね。中にはナッツを入れてみたんだけど、どうかな？」

小麦はそれを一口、口に入れてみた。

そしてすぐに悲しそうに目を伏せた。

「……こんなの……お兄ちゃんじゃないです……」

「小麦」

雪が咎《とが》めるように言った。

「お兄ちゃんじゃないです！」

「小麦、やめなさい」

「お兄ちゃん、本当に小麦のこと思い出せないですか？」

陽介は申し訳なさそうに首を振った。

「ご、ごめんね。本当に覚えてないんだ。僕って小麦さんと仲が良かったんだよね？」

「孤児院のことは？」

小麦の瞳がみるみるうちに涙で溢《あふ》れた。

「プールに行ったことも覚えてないですか？」

「プール？」

「じゃあ、一緒にお弁当を食べたことは？」

陽介は困ったように微笑むだけだった。

「小麦、あんまり陽介を追い詰めちゃ駄目よ」

小麦は目に涙をためたまま走り去った。

「気にしないでね、陽介。ゆっくり……思い出せばいいから。あたし小麦を追いかけてくる」

「僕も一緒に……」

「いいの。連れて帰ったら報告するから、部屋に戻ってて」

結局、小麦を追って飛び出した雪を、陽介は眺めていることしかできなかった。

今自分が出ていっても、きっと良くないんだろうと、さっきの雪の口調から想像がついたからだ。

「怖いんでしょう？　思い出すのが」

「明条さん……」

部屋に戻ろうとした陽介を待ち構えていたように、楓が立っていた。

「気持ちは分かるわよ。私だって……自分をずっとごまかしてた。でも、そうやってぬるいお湯につかってばっかりじゃ、いつまで経《た》っても記憶なんて戻らないわよ」

「違うんです、楓さん。思い出したいのに思い出せないんです。本当に……思い出したいのに……」

「嘘《うそ》。違うでしょう？　貴方は思い出したくないのよ。逃げ回ってるだけ」

言っておくけど、と付け加えて、

「別に昔みたいに皮肉や罵《のの》るためにこんなことを言ってるんじゃないわ。逃げることの辛さは私が一番良く知っているもの。私は貴方に早く現実を思い出して欲しいの」

楓は複雑そうに笑った。

「じゃあ教えてください。僕が逃げつづけているものって何なんですか？」

楓はしばらく何かを思い悩むように考えていた。

「天乃川にかかわるとても大事なことよ。後は自分で考えて」


楓はそれだけしか言わなかった。

陽介は部屋に戻ると、そのことばかりを考えていた。

雪にかかわる大事なことから、自分は逃げようとしている。

楓は確かにそう言った。

(雪さんにかかわること……)

いくら記憶を手繰り寄せようとしても、雪に関する記憶は病院のベッドの上からしか始まらない。

部屋を見渡してみる。

これもまた、病院から戻ってきてからの記憶しかない。

見覚えのない机《つくえ》、見覚えのない雑誌、見覚えのないベッド……。

すべてが他人のものを借用させてもらっている、というふうにしか思えなかった。

いくらこれらが自分のものだと言われても、まったくしっくりはこない。

衣服もそうだった。

おそらく自分の好みで買いそろえたものだろうが、こういうのが好みなのだと納得できるような気もするし、違うような気もする。

　雪たちにはおよそ口に出して言うことなどできないが、雪たちが知っている『陽介』と自分は、まったく別の人間かもしれない、という妙な自信すらあった。

　自分と姿形の似ている『誰か』が、雪たちの探している陽介なのかもしれない、と心のどこかで感じている。

　雪や小麦に申し訳ない、という気持ちがあるから、自分は宇宙海陽介だと思いこもうとしていただけの話で。

（いや違う……）

　そんなはずはない。

　確かに皆が声をそろえて自分のことを『宇宙海陽介』だと言うのだから、間違いはないのだろう。

　楓の言うように、逃げているだけかもしれない。

　陽介は頭を抱え込んだ。

　いったい自分は、どこの誰なんだろう――。


　小麦を追った雪は、学校の屋上でようやく小麦の姿を見つけた。

「小麦……」

雪が呼びかけても、小麦は何も答えなかった。

辺りはもう、夕闇《ゆうやみ》に包まれている。

小麦は屋上の手すりに肘《ひじ》をついて、どこか遠くを眺めていた。

黄昏が小麦の顔を茜《あかね》色に染めていた。

そっと隣に行き、小麦と並んで夕暮れの街を眺めた。

「ごめんね……」

先に謝ったのは雪だった。

小麦は驚いたように顔を上げた。

「お兄ちゃんは……あまり記憶が戻りたいって思ってないみたいです……」

「それは……そういう理由があって戻らないんだって理事長も言ってたでしょ？」

「じゃあ、いつまで経っても前のお兄ちゃんは戻ってこないです……」

「あたしのせいだ……って分かってるんだけど、精いっぱい努力してるんだけど、どうしようもないの。もう少し時間をちょうだい、小麦……」

「お姉ちゃんも……記憶が戻らない方がいいって思ってるですか……？」

「そ、そんなことないわよ」

「でも、そんなふうに見えますです……」

雪は言葉に詰まってしまった。

そう、それはあるかもしれない。

小麦の言うとおりだと、雪は思った。

だとすれば、陽介の記憶が戻るのを妨げているのは自分……。

「お姉ちゃんはいいです……小麦は……何もないから……もしもこのままお兄ちゃんが戻ってこなかったら……」

雪は首を傾げる。

「何がなの？」

「お兄ちゃんとの絆《きずな》……」

「え？」

「気づいてた、お姉ちゃん？　記憶がある時もなくなってからも、お兄ちゃんはお姉ちゃんのことばかり見てるんだよ……」

「それはあたしがいろいろと事件に巻き込まれたりしたから仕方なく……」

「小麦はそれでも良かった……お兄ちゃんがいつも傍に

いてくれるのなら、それでも良かった……小麦……お姉ちゃんになりたかった……」

「あんた、自分が何言ってるか分かってるの？」

雪が声を大きくしたので、小麦は怯《おび》えたように身を縮めた。

「ご、ごめんなさい……忘れてくださいです……」

自分で言った言葉の意味をようやく悟ったのか、小麦は申し訳なさそうに俯いた。

「とにかく帰ろう、もう暗くなってきたし」


ほとんど会話もなく学校を出て、二人は寮に戻った。

ひと足ごとに、小麦は自分が口にしてしまった言葉の重さを実感する。

理事長からそれとなく事情は聞いていた。

影月が起こした事件に巻き込まれて、雪はとても怖い目に遭ったのだと。

けれども、具体的にどんなことがあの夜にあったのかは、小麦は知らない。

夜中に何度も夢にうなされていた雪の様子を傍で見ていたから、とても恐ろしいことがあったんだ、ということが感じ取れるくらいだった。

あの夜の後から、陽介はどことなく変わってしまった。

陽介が、というよりは、陽介と雪との間の空気が変わってしまった。

以前は小麦と雪と陽介と、それぞれの間には同じ空気が流れていた。

小麦と陽介の間の空気は、相変わらず昔のまま何も変わらない。

それがたまらなく寂しかった。

なんだか、置いてけぼりをくらってしまったみたいで。

逆に雪のことを羨《うらや》ましいとさえ思った。

でも、それは決して口に出してはならないことだったのだと、さっきの雪の表情を見て咄嗟《とっさ》に思った。

とても後悔はしたけれど、いったん口にしてしまった言葉は戻らない。

小麦は雪をちらりと見上げた。

いつも自分を庇《かば》ってくれる姉。

辛いことや苦しいことは、小麦には見せないように気遣ってくれる。

小麦には両親の記憶がほとんどない。

物心ついた時にはもう、二人きりだった。

雪はこれまでずっと、小麦のためにたくさんのものを犠牲にしてきたんじゃないだろうか。

ふと、そんなふうな気がした。

それからしばらくの間、小麦と雪の間にはぎこちない空気が流れていた。

小麦は以前に比べて雪に気を遣うようになり、雪もそれを感じてさらに気を遣う。まるで姉妹とは思えない他人のような関係が続いた。

陽介もどことなく元気がない。

けれども、いつの間にか、そのぎこちなさも和らいできた。

小麦はもう陽介を責めたりしなくなったし、雪も小麦が屋上で言った言葉を忘れてしまったかのように振る舞っていた。

そんな時だった。

「雪さん、学校の中を案内してもらえませんか？」

唐突に言われて雪は驚いた。

「でも、あたしが案内するほど複雑じゃないと思うけど」

「雪さんと一緒なら、何か思い出せるかもしれないと思って」

陽介は遠慮がちに言った。

「駄目ですか？」

「駄目ってことないけど……」

「じゃあ行きましょう」

陽介は笑って、雪を促した。

　これまでに幾度となく通った教室や実習室、屋上や視聴覚教室……。あまり普段は立ち寄ることのない理事長室にも立ち寄ってみた。

　けれども記憶の手がかりになるようなことは浮かんでこなかった。

「どうしてそんなに思い出したいの？」

　雪は聞いてみた。

「自分が本当に宇宙海陽介なのかを確かめてみたくなったんです」

「それはそうだと思うけど」

「実は自分でも疑ってるんですよ。本当は自分は宇宙海陽介じゃなくて、その宇宙海陽介っていう人に似た他人なんじゃないかって」

「まさか、それはないわよ」

「雪さんはそう言いますけど、僕にとっては深刻な悩みだったんです。もし他に帰る場所があるのなら……って」

　雪は少し悲しげに目を伏せた。

　陽介はひょっとすると、自分やこの学校にいることが嫌なのかもしれない、そんな気がして。

「誤解しないでくださいね。雪さんや小麦さんが嫌だとかそんな理由じゃないんです。ずっと考えつづけてきたことで。ほら、クイズなんかで答えが分からないとすごく嫌な気分になるでしょう？　言いかけたことを忘れてしまったらずっと気になったりするでしょう？　そんな感じですよ」

陽介はそう言って笑った。

「そうね。それはそうかもしれないわね」

雪もそれを聞いて笑った。

ふいに弾《はじ》かれたように陽介が立ち止まった。

「どうしたの？」

そう言いかけて、雪はそこが保健室の前だということに気づいた。

「ここは……保健室、ですよね？」

「え、ええ……」

陽介は保健室の入り口の扉に触れた。

「あれ？　鍵《かぎ》がかかってる？」

「そ、それは、今はそこは使われていないから。保健医が不在だから閉めてあるの。新しい先生が赴任してくるまで」

「そう……なんですか……」

そう言ったまま、陽介は扉を見つめて立ち尽くした。

「ここで……何かありませんでしたか？」

陽介が振り返ると雪は目を伏せていた。

「何も……」

ない、と言おうとして、雪は自分を叱咤《しった》した。

打ち明けなければならないのかもしれない。

でも、言葉を捜しているうちに、沈黙が降り積もっていく。

「ほっほっほっ」

その沈黙を破ったのは理事長の笑い声だった。

「そんなに雪クンを責めたてるもんではありませんよ、宇宙海クン」

「あの……責めたてているつもりは……」

「雪クン、無理をする必要はありませんよ。アナタにも時間が必要です」

「はい……でも……」

言いかけた雪の言葉を遮って、理事長は陽介に言った。

「宇宙海クン、ちょっといいですかな？　話したいことがあるんですが」

雪に寮へ戻るように告げた理事長は、ポケットの中から鍵を取り出した。

「キミが思い出したいと自分から思うことが大事だと思っていました。キミが感じた通り、この部屋の中では、キミと……そして雪クンにまつわるある事件があったのです」

理事長は保健室の鍵を開けた。

陽介はひどく嫌な気分になったが、堪《こら》えてその中に足を踏み入れる。

「ここは……あまり良い感じがしないのではないですか？」

「はい……」

陽介は正直に答えた。

早くここを立ち去りたい、そんな気分になる。

それはなぜなのかと問われると、まったく答えが見つからないのだが。

陽介のそんな様子を見て、理事長は口を開いた。

「ここであったのは犯罪なんです。雪クンとキミはその犯罪に巻き込まれました。そしてその事件は、雪クンの心にも過酷な傷を与えました。雪クンも、事件を思い出すのはとても辛いでしょう」

それに、と理事長は話を続けた。

「雪クンはどうやら自分を責めているようです。自分のせいでキミをも巻き込んでしまったと。詳しくは本人にしか分かりませんがね。そういう気がするのですよ。あの事故も、キミが雪クンを庇って負傷しました。そして記憶を失った。記憶を失ったのも自分のせいだと責めているんでしょうな。そしてその記憶を取り戻すためには、ここで起こった忌まわしい事件を思い出さなければならない」

陽介はようやく、先ほどの雪の態度がおかしかったことの理由が、ほんの少し分かった気がした。

「そう……だったんですか……。では、僕はあまりその事件のことについて、雪さんに聞いてはいけなかったんですね？」

「そういうことですね」

「では、理事長、理事長さんの口からその事件について聞かせてもらうことはできませんか？」

理事長は一瞬迷ったようだったが、首を振った。

「当事者でないワタクシが話して良い類《たぐい》の話かどうかは判断しかねます。逆にキミの記憶に悪い影響を与えないともいえないですからね」

「そうですか……」

陽介はどこか腑《ふ》に落ちない感じだった。

「雪クンが自分から話せる時が来るのを待ってあげてください。その頃にはきっと、キミも思い出す勇気を持ててるはずですから」

陽介は複雑な気持ちで保健室を後にした。

(そんなことがあったなんて……)

事件の詳細を聞いたわけではないが、雪がひどく傷ついた、ということを聞いただけで、陽介は怒りがこみ上げてきた。

思い出すことが雪を喜ばせることになるのかもしれない、そう思って記憶を取り戻そうと動き出した。

けれども、それは雪の傷口をさらに広げる行為でもあったのだ。

ひとつだけ分かったのは、保健室で何かを感じた、ということによって、陽介はやはり宇宙海陽介だったのだと、ようやく納得することができたことかもしれない。

自己嫌悪に苛《さいな》まれて寮に戻ると、雪は玄関でずっと待っていたようだった。

「お帰り……理事長のお話は終わったの？」

「あまり無理をしないでって言われました」

陽介は笑って言った。

「あの……」

と言いかけた雪の言葉を、陽介の笑みが遮った。

「こういうのは無理をするとよくないんだそうです。だから理事長さんの仰る通り、焦らないことにしようって思います。だから雪さんも、気長に待ってもらえますか？」

雪はどこかほっとしたような顔で笑った。

第五章　失われたものと生まれたもの

雪と陽介は以前にも増して、一緒にいる時間が多くなった。

小麦はそんな二人の様子をじっと見守っている、という感じで、だから余計に二人になってしまう時間が増えたのかもしれない。

記憶に関しても、お互いに当たり障りのない程度に話すくらいで、相手が聞かないことはわざわざ話したりしない、という暗黙の了解のようなものが成立していた。

雪は本当に正直なところ、ほっとしていたのかもしれない。

陽介と二人でいられることは無条件に嬉《うれ》しかったし、何より、過去の出来事を無理に思い起こす必要がなかったから。

でも……。

ずっとこのままで良いわけはない——。

それはきちんと分かっていた。

どこかでちゃんと、話さなくちゃいけない。

陽介だって、本当にずっとこのままでいいわけがない。

小麦がどことなく元気がないように感じたのは、それからしばらくしてのことだった。

あたしに何かを隠してる——？

そう感じたのは気のせいでない、と思うまでにいくらもかからなかった。

小麦が雪に無断で外出することが増えてきた。

どこへ出かけていたのかを尋ねても、小麦は頑として答えようとしなかった。明るいうちには必ず戻ってくるので、雪としてもそれ以上咎《とが》めることができない。

「姉離れ……なのかな……」

陽介にそのことを言うと、

「門限までには戻っているんでしょう？　だったらそんなに危ないところへ出かけているわけではないんじゃないですか？」

と笑った。

「そうね……そうだといいんだけど……」

小麦もいつまでも子供じゃない。

どこか寂しく感じてしまうのは、雪の身勝手な想《おも》いなのかもしれない。

小麦がどこかよそよそしくなった、と思っていたのは陽介も同じだった。

一時期に比べると、話しかけてくることも少なくなった。

それはきっと、記憶を取り戻そうとしない自分に、小麦が興味をなくしたんだろう、と陽介は解釈していた。

もしも記憶が戻ったら……それを最近よく陽介は考える。

今の自分が元の自分を覚えていないのと同じように、今こうして雪と一緒にいること、病院のベッドで目覚めてから雪と過ごした時間。

そういうすべてのものを自分はすっかり忘れてしまうんだろうか。

今の『宇宙海陽介』は、忘れられてしまうのだろうか。

それを考える時、一抹《いちまつ》の寂しさがこみ上げてくる。

記憶が戻った時には、今の自分は消滅して、記憶がなくなる前の自分からスタートするのか、それとも二人は融合されて共存していくのか。

陽介がそれを考えるようになったのは、最近になって、断片的に記憶の欠片《かけら》が見え隠れし始めたからだった。

けれども、それはまだ他人の持ち物のような違和感があって、自分の記憶と思うにはほど遠い。

時々、雪の悲鳴のようなものが聞こえたり、見知らぬ男の笑い声のようなものが聞こえてきたりする。

テレビの電源を入れたり消したりするような感じで、それらの記憶は唐突に再生される。

「陽介……どうしたの、ぼうっとしちゃって……」

「あ、いえ、なんでもないです」

陽介は笑ってごまかした。

まだ、雪には記憶が戻りかけていることを伝えないほうが良いのかもしれない。

ふと陽介は校舎の隅《すみ》に目を留めた。

「あれ？」

「どうしたの？」

「今……あそこに小麦さんがいたような……」

もう一度見てみると、もう姿はなかった。

「見間違えたのかもしれませんね」


小麦はひやりとして身を隠した。

（お兄ちゃん……）

陽介が小麦に気づいたふうなのが少し嬉しかった。

でも、自分は陽介の隣にいちゃいけない。

陽介には雪がいるのだから……。

（お姉ちゃん……幸せになってね……）

そう心の中で祈るように呟《つぶや》いた。

小麦が踵《きびす》を返して立ち去ろうとした時、強い力に突然羽交い締めにされた。

口元を手で押さえつけられて悲鳴を上げることもできない。

すでに授業は終わって校内の生徒たちの姿もまばら。

誰《だれ》かに気づいてもらいたくて必死に手を振り上げて抵抗してみても、辺りに他《ほか》の人影はなかった。

（助けて……！）


寮に帰りついた陽介は、部屋のドアに何か紙のようなものが挟んであるのに気づいた。

『思い出の教会で待ってます——小麦』

「思い出の教会？」

陽介にはそこがどこなのかまったく分からなかった。

傍《そば》にいた雪がその紙をのぞきこむ。

「これ、小麦の字だわ……」

「雪さん……思い出の教会って？」

「この近くにあるんだけど、そういえばまだ行ったことがなかったわね。どうしたのかしら小麦ったら」

陽介が教会のことを『知らない』ということくらい、分かっているだろうに。

「じきに門限だし、小麦さんが待っているといけない。場所を教えてもらえますか？　行ってみます」

「じゃあ一緒に行きましょ。そこでもし、小麦が二人きりじゃないと話しにくそうな雰囲気だったら、あたしすぐに帰るから」

その教会は、雪の言ったとおり、学校のほど近くにあった。

手入れされていないふうなのを見ると、おそらく誰にも利用されていない廃教会なのかもしれない。

それでも、どこか厳《おごそ》かな感じがするのは、古ぼけた建物と人気のないしんとした空気が、かえって神聖さを醸《かも》し出しているのかもしれなかった。

「小麦――」

ガランとした教会は埃《ほこり》っぽく、立ち入るものがほとんどいなかったことを理解させた。

雪はもう一度小麦の名を呼んだ。

けれども、それに対する返事はない。

「ここじゃない、なんてことはないですよね？」

「ここに間違いないわよ。小麦が思い出の教会っていったら……」

陽介は少し迷いながら雪に尋ねた。

「よかったら、その思い出を聞かせてもらえませんか？」

「いいわよ」

と雪は笑って、陽介にその時のことを詳しく話して聞かせた。

「まだみんなが小さかった頃《ころ》にね、夜中に孤児院を抜け出してここに来たことがあるの。

それであの梯子《はしご》……」

雪はそう言って祭壇の脇《わき》にある梯子を指差した。

「あれに上って屋根の上に出れるの。そこから星を眺めたのよ」

「ロマンティックな思い出ですね」

「そうね……とても楽しかった。あんまり会話はなかったけど、三人で『今夜のことは絶対に忘れない』って誓ったの」

「本当に……昔からみんな仲が良かったんですね」

「そうねー……あの時は本当に無邪気だったから」

陽介はためらいながら、雪に尋ねてみた。

「雪さんは……その……恋人とかはいないんですか？」

「え？」

雪の頬《ほお》が一瞬赤らんだ。

「変なこと聞いてしまってすみません、ちょっと気になったものだから……」

陽介は自分の言った言葉を後悔した。

教会の中という、ロマンティックなムードが、思わずそんな言葉を吐き出させてしまったのかもしれない。

雪はちょっと困ったふうに目を逸《そ》らした。

「あ、いいんです。そういうことって他人には答えにくいですよね」

雪は何も答えなかった。

「小麦さん、どこにいるんだろう」

陽介は話題を切り替えようと、小麦を捜すふりをしてあちこち歩き始めた。

「いるわよ。好きな人」

そう言われて陽介はぴたりと立ち止まった。胸がドキドキと脈打ちはじめた。

「そう……なんですか……。きっと、とても素敵な人なんでしょうね」

「うん。でも今は会えないの」

雪は悲しそうに目を伏せて、陽介にくるりと背を向けた。

「いつも傍にいて、喧嘩《けんか》ばかりしてたの。あたしはこんな性格だし、その人も負けず嫌いだったから、顔を合わせれば喧嘩ばかり。そこに小麦が止めに入るっていうのがいつものパターン」

「そ、そうなんだ」

「でも、不思議。喧嘩してててもすごく心地が良かったの。変な話だけど、何だかとても安心できるっていうか……」

「そ、そうですよね。喧嘩するほど仲がいいなんて言葉もありますもんね」

陽介は雪の言葉を聞きながら、寂しい気持ちを感じていた。

雪に好きな人がいる、そしてそれは自分の知らない男――。

それがはっきりしてしまうことが、これほど辛《つら》いとは思わなかった。

そして陽介はようやく気づいた。

自分は雪を好きだったのだと――。

「あたしはその人にしてはいけないことをしてしまったの」

陽介は黙って雪の告白を聞いていた。

失恋してしまった、という脱力感があった。

「ずっと小さな頃から一緒にいすぎて、ちょっと怖《こわ》かった。ひょっとしたら、あたしは一生、ただの喧嘩友達……。でも、そんなの嫌だった。だけど、ずっとそういう関係だったから、これから先にそれが変わるなんてことは考えられなくて……」

雪は辛そうにため息をついた。

「ある人にそそのかされて、付き合ってもいない人と恋人のふりをしてみたの。そうしたら、やきもちを妬《や》いてくれるんじゃないかって……。もしも彼が嫉妬《しっと》してくれたら、気持ちを確かめることができるかもしれないって」

でも、と言って雪は陽介を振り返った。

「それが馬鹿《ばか》だったの。あたしはその人をとても怖い事件に巻き込んでしまった。あたしをそそのかした男が、その人にひどいことをしたの。あたしも怖い目に遭ったけど、それは自業自得だから辛抱できると思ってた。でも、その人は勘違いをして、ぜんぶ自分のせいだって思いこんじゃったの。あたしは誤解を解かなくちゃって思いながらずっと言えなかった……」

陽介は雪の告白に聞き入っていた。

「とても狡《ずる》かったのね。だからまたひどい罰《ばち》があたって、その人は交通事故に遭《あ》ってしまった」

「え？」

陽介は思わず身を乗り出した。

「記憶をなくしてしまったの。あたしのことも事件のことも覚えてなくて、謝りたくても謝れないの」

「それは……」

まさに自分のことを言っていたのだと、陽介はようやく気づいた。

雫《しずく》が雪の瞳《ひとみ》から頬を伝った。

静まり返った教会で懺悔《ざんげ》をする雪――。

それも自分に対して……正確に言えば記憶をなくす前の自分に対してだ。

しかし陽介はまだ、それが自分にかかわる懺悔なのだと思うことができないでいた。

「いっそ罵《ののし》ってもらえたらどんなに楽か……何度もそう思ったの。でも言えなくて……」

「雪さん……」

雪は泣いているようにも見えた。

深い黄昏《たそがれ》が教会の中に満ちている。

その静寂を打ち破ったのは、突然開かれた扉の音だった。

「小麦？」

西から差し込む光で、そこに立っている人物の姿が一瞬見えなかった。

小麦にしては背が高すぎる。

徐々にその人物が近づいてきて、雪は悲鳴を上げた。

「影月！」

現在もまだ取り調べが続いているはずの影月が、まさにそこに立っていた。

小麦は影月に羽交い締めにされていた。

首にはナイフのようなものを突きつけられている。

「お、お姉ちゃん……」

掠《かす》れた小さな声が、雪を呼んだ。

「ずいぶんと待たせてしまったね……」

忌まわしい耳障りな声――。

雪は激しい嫌悪を感じた。

「どうしてあんたがここにいるの⁉」

「どうしてって……いちゃいけないのかい？」

「警察にいるはずでしょ。実刑は免れないって話だったわ！」

くくっと影月は笑いを漏らした。

「やり残したことがあるのに、あんな所にはとてもいられないからね」

「やり残したこと？」

さらに影月は顔を歪《ゆが》めて笑う。

「俺《おれ》を陥れたお前たち……そして学校に復讐《ふくしゅう》するためだよ……」

「復讐ですって⁉」

雪は呆《あき》れたように声を上げた。

この男は自分が罪を犯したなどとは微塵《みじん》も感じていないらしい。

「本来なら受け入れられて然《しか》るべき想いすら、犯罪者という汚名を着せられては叶《かな》わない。これが陥れられたといわずになんといえるんだ？」

しゃあしゃあと影月は言ってのけた。

自分の価値観で判断すれば、若葉や雪、そして陽介や楓の友人たちに対して行った行為はすべて犯罪でないと言いきってしまうのだろう。

雪はその自分勝手な考えにあらためて怒りを覚えた。

「小麦を放しなさいよ」

「嫌だね。この子は使わせてもらう」

「何するつもりなの！」

雪が一歩を踏み出すと、影月は危ない角度でナイフを小麦の首にちらつかせた。

「誰だかは知りませんが、そんな幼い子を危険な目に遭わせるのは許せません。すぐにその子を放してあげてください」

陽介が言った言葉に、影月は少し驚いたようだった。

「誰だかは知らない？　僕《ぼく》のことをもう忘れたというんだな。それともからかっているのか？」

「からかってるんじゃないわ。陽介は記憶をなくしてるの。お願い、小麦を放して。その代わりにあたしを……」

「お、お姉ちゃん……駄目です……」

小麦は見開いた目で雪に懇願した。

「記憶をなくしているだと？　きっと天罰が下ったんだろう。僕を馬鹿にし、陥れたその罪が裁かれたんだ」

忌々《いまいま》しげに影月は吐き捨てた。

思い出の教会——そう陽介宛《あて》に書けば、悪戯《いたずら》だと思って相手にしないだろう、小麦はそう思っていた。
陽介は思い出の教会を知らない――。
影月に脅されて書かされた手紙。
怖くて仕方がなかった。
少しでも怪《あや》しんでくれれば、と精いっぱい知恵をしぼったつもりだった。
けれども結局、二人は影月のしかけた罠《わな》に、まんまと引っかかってしまったのだ。
絶望的な思いが小麦の中にこみ上げてきた。
「お姉ちゃんもお兄ちゃんも、逃げてくださいです……」
きっともう、自分は助からない。
首に触れるナイフの冷たい感触に怯《おび》えながら、小麦は二人を見つめる。
「なに言ってるの！　そんなことできるわけないじゃない！」
雪は一歩も動くことができない。
影月は雪たちの動向を片時も目を離さずに注視している。
影月の背後には、すぐに教会の扉がある。
逃げ道は見渡した限りではその扉だけのようだった。
外へ出て助けを呼ぼうにも、影月を押しのけないとそれは不可能だ。
ましてや、影月は小麦を人質にとっている。

少しでも動こうものなら小麦の首筋に当てられたナイフがその喉《のど》を切り裂いてしまいそうな感じだった。

「陽介……小麦を連れて逃げて。そして警察を呼んで」

雪は小声で言った。

「さっき言ったことは本当。あたし、ずっと陽介のことが好きだった。記憶が戻っても忘れないでね」

「雪さん……いったい何を……」

雪は陽介の手を振《ふ》り解《ほど》いて影月の元へ向かった。

「人質ならあたしがいれば十分でしょう？　小麦を放して。その子体が弱いの。倒れたりなんかしたら使いものにならないわよ」

影月は腕の中の小麦と雪を見比べ、狡猾《こうかつ》な笑みを浮かべた。

「まあいいだろう。その代わりちゃんと仕事はしてもらうぞ」

影月は小麦を解放した。そしてすぐさま雪を羽交い締めにする。

「お姉ちゃん、いや！」

解放された小麦の手を陽介が引き寄せた。

「じゃあ君たちはそのまま奥へ行くんだ」

雪を抱きかかえたまま、影月は小麦と陽介に命じた。

じわりじわりと追い詰められながら、祭壇の近くまでたどり着いた。

影月は祭壇の奥にあらかじめ用意してあったポリタンクを足で蹴《け》り飛ばした。

ガソリンのような臭《にお》いが、辺りに立ちこめた。

「ちょっと待ってよ、話が違うじゃない！」

雪は叫んだ。最初から影月は、こうするつもりだったのだ。

「彼らを助ける、なんてことは一言も言ってはないけれどね」

影月はそう言って笑った。

影月はすでに片手にマッチを握り締めていた。

「そこから動くんじゃないよ。動いたら……どうなるか分かっているだろう？」

影月はマッチの火を点けた。

影月の視線が陽介たちから離れたその瞬間――。

「うわっ！」

影月の体が転倒した。

陽介が力任せに体当たりしたためだった。

床に飛び落ちたマッチの火が瞬間にして炎を生んだ。

「雪さん！」

陽介はぐいっと雪の手を引いた。

「うぐうわあああっ！」

火の手が倒れた影月に襲いかかる。

影月は床を転げまわった。

咄嗟《とっさ》にその火を消そうとして、陽介は上着を取って何度も叩《たた》きつけた。

しかし、床に染みついたガソリンに引火した火が燃えうつって、収まりかけた炎が再び大きくなる。

影月がみるみるうちに黒い塊に変化していく。

動いているのが自意識なのかどうかも判断できない。

断末魔の叫び声は次第に炎の燃える音に取って代わった。

陽介はためらったが、もはや諦《あきら》めるしかなかった。

「逃げましょう！」

炎は容赦《ようしゃ》なく勢いを増している。唯一の出口であるはずの扉への道は、木造の床や椅子《いす》に燃え広がった炎であっという間に塞《ふさ》がれた。

「逃げ場所を探さないと……」

陽介は辺りを見渡した。

「陽介！　あの梯子があるわ！」

雪が指差したのは祭壇の脇、まだ火の手は届いていない。

急がなければ――。

「小麦さんが先に」

陽介が促すと、雪もそれに頷《うなず》いた。

小麦が梯子を上っていく。

小さな小窓のような出口を開けて、小麦の姿がその向こうに消えた。

「次は雪さん」

雪は頷いて、梯子に足をかける。

徐々に上がっていく雪の姿。

それを陽介は確かにどこかで見たことがある、と思った。

そして次々に浮かんでくる映像。

眩暈《めまい》がおこり、動悸《どうき》が激しくなる。

それは煙や炎によるものではなかった。

映像が入れ替わり立ち替わり、現実と過去を映し出す。

炎が押し迫っている、というのに、それよりも目の前に映し出される映像のほうがいっそうリアルだった。

「陽介も早く！」

雪の声がしてはっと顔を上げる。

ようやく炎の熱を感じた。

その瞬間——。

「きゃあああっ」

「雪————っ!!」

足を滑らせた雪が落ちてくるのが見えた。

陽介は夢中で駆けより、雪を抱きとめた。

どうやって受け止めることができたのかは覚えていない。

ほっとする間もなく、炎が小さな爆発を繰り返し始めた。

陽介は雪を抱えたまま梯子を上る。

「お兄ちゃん!」

小麦が屋根の上で待っていた。

「鐘楼のすぐ脇に梯子があるはずだ。それで下に下りるんだ。早くしないとここも危険だ!」

小麦は言われた通りに鐘楼の辺りを捜した。

「ありましたです!」

「よし。その梯子をうまく滑らせて足場を作ってくれ」

「はい、です!」

第五章　失われたものと生まれたもの

小麦は必死で陽介の言う通りにした。

屋根の一番低くなっている部分から地面まで、かろうじて梯子の長さは足りたようだった。

小麦が下りたのを確認して、陽介も梯子を下りる。


助かったのはまさに奇跡というしかないだろう。

陽介たちが教会の屋根から下りてその場を離れた瞬間、教会は完全に焼け落ちた。

付近の住民の通報があったのか、消防車のサイレンの音が遠くにこだまして、こちらに近づいてきている。

「お姉ちゃん……」

小麦は泣いていた。

陽介の腕の中で、雪はまだ目を覚まさない。

「お兄ちゃんごめんなさい、ごめんなさい……」

「謝らなくていい。小麦ちゃんは俺にとって大切な妹なんだから」

その喋《しゃべ》り方を聞いて、小麦ははたと顔を上げた。

「お兄ちゃん……記憶……戻ったですか？」

そういえば、さっきもどうして梯子のありかを知っているのだろうと少し不思議に思った。


「ああ、すっかりね」

「そうですか。良かったです」

小麦は瞳に涙を浮かべたままどこか寂しげに笑った。


かつて三人で探検に来た教会。

ここには、小麦は知らない陽介と雪の秘密があった。

陽介と雪は小麦には内緒で、二人でもう一度ここに来たことがあったのだ。

それがどういう経緯で雪と二人で来ることになったのかは覚えていない。


雪は陽介の前を駆けていく。

『陽介、早く早く』

『待ってってば。雪が早すぎるんだよ』

『もう、いつも遅いんだから』

パタパタと雪を追う陽介を待つこともなく、教会の扉を開けた。

陽介がようやく教会にたどり着くと、雪は梯子を上っていた。

『陽介ってば、遅い』

ごめん、と謝ろうとした陽介は、あっと声を上げた。

梯子から足を滑らせた雪が転落してきたのだ。

慌てて陽介は駆け寄った。

雪は泣いていた。

痛かったのか怖かったのか分からない。

泣き止《や》むまでずっと陽介はおろおろとしているしかなかった。

幼い日の苦い思い出……。


やがて到着した消防員に、陽介は大方の事情を説明し、救急車を呼んでもらえるように頼んだ。

救急車が来るまでの間、小麦と陽介は、燃えつづける教会を呆然《ぼうぜん》と見ていた。

「思い出の教会……燃えちゃったですね……」

「ああ……」

陽介の記憶は一気に戻ってきた、という感じだった。

どういうふうにすべてを取り戻したのか、あの土壇場だったからよくは覚えていない。

けれども、記憶を失っていた間に起こっていたことのすべてても、きちんと覚えていた。

もちろん、雪の告白も……。

そんなふうに感慨深く考えていると、小麦が突然立ち上がった。

そして陽介に、ぺこりと頭を下げた。

「お姉ちゃんをよろしくです」

「どうしたんだよ、改まっちゃって」

陽介は笑った。

「小麦……先にお部屋に戻ってるです……」

「ああ、そのほうがいいだろう。雪のことは任せてくれ」

「はい、です」

それから小麦は少し迷うふうにしてからこんなことを言った。

「お兄ちゃん、いつまでも小麦のお兄ちゃんでいてくれますか？」

「何言ってるんだよ、当たり前じゃないか」

陽介は笑ってそう言ったが、もう二度と小麦が戻ってこないということを、この時には知らなかった。


病院のベッドの上、雪はまだ眠っている。

幸い、容態は大したこともなく、目が覚めれば帰っても良い、と医師は言っていた。

「宇宙海クン」

病室をノックする音があって理事長が入ってきた。

「記憶が戻ったそうですね」

「はい、おかげさまで。どうして知ってるんですか？」

「小麦クンから聞きましてね。まあそれは良かった」

理事長は影月のこともおおよそ聞いているようだった。

「あの男は学校にも火を放とうとしていたらしいですな。おそらくキミたちを襲って、それから学校へ来るつもりだったのでしょう。校舎の隅からガソリンの入った容器がいくつか発見されました」

若葉への歪んだ愛情に端を発した影月の行動は、殺人や学校の破壊にまで及ぼうとしていた。

「とにもかくにも、無事で良かったです」

理事長の慈愛の溢《あふ》れる笑みが温かく感じられた。

「それはそうと、キミに話しておかなければならないことがあります。少しよろしいですか？」

病院のロビーの片隅で、理事長は遠慮がちに話を切り出した。

「これは本来なら……雪クンにも同席して聞いてもらうべきことなのでしょうが……」

と前置きして、理事長は思いも寄らぬことを陽介に告げた。

「小麦クンのことですが、彼女は今朝方、とある家の養女となって寮を出ていきました」

「何だって⁉」

陽介はあまりのことに思わず立ち上がった。

「まあワタクシの話を最後まで聞いてください。実はこの話は前々からあったものでしてね、先方はある企業の経営者で子供のない夫婦です。人となりはワタクシが保証します。そのご夫婦がいたく小麦クンのことを気に入った様子で、ぜひ養女に、と」

「でも、そんな話一言も……。雪だって聞いてないはずだ」

「そうでしょう。最後まで雪クンに話すことができなかった、と小麦クン本人が言ってましたから。けれども、小麦クンは小麦クンなりに考えて決めたことなのですよ」

「でも……」

陽介はどうしても納得がいかなかった。

「昨夜の事件の後だけに、少し日を延ばしてはどうか、と言ってみたのですがね、本人が望むのですからワタクシが止めるわけにもいきませんでした」

「小麦ちゃん……どうして……」

陽介はうな垂れた。

「小麦クンは養女に行った家の夫婦と何度か面会しています。本当のお父さんやお母さんみたいだ、と喜んでいました。キミの気持ちもとてもよく分かりますが、小麦クンの気持ちも理解してやって欲しいのですよ」

「でも、雪にはなんて……」

何と言えばいいのだろう。どう説明すれば良いのだろう。

陽介でさえショッキングな事実だった。

昨夜の事件で憔悴《しょうすい》している雪に話すことなど、陽介にはできない、そう思った。

「キミだからお願いできると思ったんですがね」

「冗談じゃない。とても言えないですよ」

「小麦クンと雪クンと。二人の気持ちを理解してやれるのは、キミしかいないのではありませんか？」

「勝手なことを言ってくれる」

「きっと小麦クンは……雪クンにはキミがついていると思ったから、決断することができたのでしょう」

陽介は黙ったままだった。

「小麦クンが最後まで打ち明けるかどうかを思い悩んでいたこと……これを理解してやってはもらえませんかな？　もしもキミが無理というのなら、当然、ワタクシのほうから雪クンにお話はさせていただきますが」

しばらく考え込んでから、いえ……と陽介は首を横に振った。

「俺から話します」

理事長にはああ言ってしまったものの、陽介はまだ思い悩んでいた。

雪は話を聞いていったいどう思うのだろう。

けれども、小麦がすでに出て行ってしまった事実は隠すことなどできない。

「陽……介……？」

「大丈夫か？」

外はすっかり陽が昇って窓から光が差し込んでいた。

雪は眩《まぶ》しそうに目を細めた。

「助かったの……あたしたち……？」

陽介は頷く。

「小麦は？」

「後で話すよ。それより記憶がすっかり戻ったんだ」

目覚めていきなり小麦のことを話すのはさすがに酷だろう。そう陽介は判断した。

「記憶が？　本当に？」

「ああ。心配かけちまって悪かったな」

雪は笑って、それから複雑そうに目を伏せた。

「記憶ない間のことって……その……覚えてるの？」

「ばっちり」

「じゃあ教会で話したことも？」

「もちろん」

「え――――――っ」

雪は赤面して俯《うつむ》いてしまった。

「あれ、嘘《うそ》。忘れて」

「嫌だね」

「馬鹿――っ！　記憶ない時の紳士なあんたのほうがよっぽど良かったわよ！」

「へー、いいの、そんなこと言っちゃって」

「もう、絶対記憶が戻ったら忘れるだろうって思ってたのに～」

「ばーか。忘れるわけねーだろーが！　俺だってずっと……その……雪のこと……」

雪は不思議そうな顔をして陽介を見つめた。

「あたしが、何？」

陽介は何度か迷ってから、雪を真《ま》っ直《す》ぐに見つめた。

「お前が影月と付き合い出したって聞いてから、ずっと嫌だったんだ。影月があんなやつだっていうのはもちろん知らなかったし、きっと、相手がどんなやつでも嫌だったと思う」

「だから？」

形勢が一変して、今度は陽介が責めたてられる側になってしまった。

「だから」

「だから？」

「その……つまり、お前の目論見《もくろみ》はみごとに当たったたってことだよ」

あまりにも遠まわしな言い方に、雪は首を傾《かし》げてしまった。

「ぜんぜん分かんない」

「つくづく性格の悪いヤツだな、お前は」

陽介は恨めしそうに呟いた。

そして咳払《せきばら》いをひとつする。

「つまり、俺も雪のことが好きだったんだ」

「陽介……」

「気づかせてくれてありがとうな」

雪は感極まって瞳を潤ませた。

陽介は辺りに誰もいないのをちらりと確認する。

そして雪を抱き寄せた。

吸い寄せられるように、二人は唇を重ね合った。

病院からの帰り道、陽介はいつ小麦の話を切り出そうかと考えていた。

寮に戻るまでには伝えなくては――。

陽介は立ち止まって、公園のほうを指差した。

「ちょっと寄ってかないか？」

「でも、小麦も心配してると思うし」

「少しだけ」

「でも」

しばらく考え込むようにしてからようやく承知して、雪は頷いた。

そこはもう、寮や学校とは目と鼻の先。

孤児院にいた時も、よく遊びに来ていた公園だった。

陽介は言葉を慎重に選びながら、話を切り出す。

「その……小麦ちゃんのことなんだけど……」

「小麦がどうかしたの？　無事だって言ってたじゃない？」

「無事だよ。怪我《けが》もない」

「じゃあ、何なの？」

縋《すが》るような目で雪は陽介を見つめる。

「小麦ちゃん……養女《う》になったんだって」

雪の顔から色が失せた。

「ずいぶんと悩んだんだそうだ。俺も今朝、理事長から聞いた。その時にはもう、寮を出ていっちまった後だったらしい」

雪は小刻みに震えていた。

「どういうこと？」

「前々からあった話らしい。小麦ちゃんは自分で養女に行くことを決めたんだそうだ」

「嘘……そんなの聞いたことがない」

「言えなかったんだよ。最後まで悩んでいたらしい。でも、結局、言わずに行ってしまったんだ」

「どうして……」

雪は半ば放心していた。

「どうして、どうしてなの」

「小麦ちゃんは自分で考えて結論を出したかったらしい。だから黙っていたんだそうだ」

「でも、一言くらい言ってくれたって」

泣きじゃくる雪を、陽介は強く抱きしめた。

小麦の出発日は、前々から今日と決まっていたらしい。

理事長の勧めも拒んで、小麦は予定通り今日旅立っていったのだ。

雪は声にならない言葉で、どうして、と何度も言った。

陽介はただその背を撫《な》でながら、雪の哀《かな》しみを受け止めることしかできなかった。

「雪は俺が守る――」

雪に届いているかどうか分からない言葉。

けれども陽介は、何度も何度もそう耳元で言いつづけた。


小麦のいない生活は、どこかすっぽりと穴が空いてしまったように感じる。

部屋にいる時、教室にいる時、小麦がひょっこりと現れるのではないか、という期待を捨て去れない。

慣れるまでにはまだまだかかりそうだと思いながら、陽介は苦笑した。

陽介でさえこうなのだから、雪はなおさら辛いだろうと思う。

表面的には学校でも雪は明るく振る舞っている。

だから余計に陽介は気になっていた。

影月の時もそうだった。雪は自分の弱い部分を人には見せようとしない。

「陽介、いる？」

扉の向こうから声が聞こえて、陽介はベッドから起き上がった。

何となくそわそわと部屋に散らかっているものを片付けてから、陽介はドアを開けた。

「ごめん、こんな時間に」

「いや、俺は別に」

「あの……」

「入るか？」

雪は笑って、少し遠慮がちに頷いた。

前は雪が部屋に入ることにもさほど何も感じなかった。

けれども今は――。


「小麦のこと……悲しいけど理解しようって思ったの。小麦が自分でちゃんと決めたことだから」

そう言った雪の言葉に、陽介は頷いた。

「俺も、それがいいと思う。でも、小麦ちゃんにとって雪がお姉ちゃんであることに変わりはないさ。これからもずっと」

「そうね。姉妹だもんね。二人きりの」

雪はその体を陽介に預けた。

「でも……最後に少しだけ泣いてもいいかな……」

陽介はしっかりと抱きしめる。

「明日、小麦ちゃんに手紙を書こう。きっと喜んでくれるさ」

「うん……うん……」

やがて二人は唇を重ねた。

二度目のキスは、激しいものだった。

寂しさを埋めるように、互いの存在を確かめるように、求め合う。舌先を絡め合い、さらに深く交わり合う。


そして、そうすることが自然なように、二人はベッドに横たわった。

執拗《しつよう》なくらいに口付けを交わす。

陽介は雪の服に手を触れた。

「いいのか？」

雪は恥ずかしそうにこくりと頷いた。

それを合図に陽介は雪の衣服を脱がしていく。

うっとりと瞳を閉じて、雪は陽介に身を任せた。

陽介はボタンを外す手をふと止めた。

「雪って、意外に胸があったんだな」

「もう、馬鹿。ひどいこと言わないで……あっ……んっ……」

服の上から乳首に触れた指に、雪は思わず声を上げた。

衣服の上からでも乳首が立っているのが分かった。

掌《てのひら》を胸の上にあてがうと、ドクンドクンと高鳴る音を感じた。

上着を脱がせると雪の白い肌が露《あらわ》になった。

上半身は白地に細かい模様のついた清楚《せいそ》なブラが一枚残るだけ。

胸元に、首筋に、たっぷりと口付けを落としながら、ブラに手をかける。

「やっ……」

雪が少し顔をしかめた。

陽介はブラの横から手を忍ばせて乳首に触れた。

「あっ……んっ……はぁ……」

雪の息遣《いきづか》いが荒くなっていく。

感じているんだ、という実感が、陽介の手をさらに激しく動かした。

乳頭を指先でつまんでみる。

「ああんっ！」

さらに高い声で雪は快感を陽介に伝えた。

「陽介……っ」

雪が陽介の首に手を回してしがみついてきた。

「雪……」

掠《かす》れた声で陽介は雪の名を呼びながら、丁寧にブラを剥《は》ぎ取っていく。

薄いピンク色をした乳首が、恥ずかしそうに顔をのぞかせた。

触れると、みごとに形の整った乳房が震えた。

舌先で乳首の先に触れてみる。

「きゃっ……んっ……ふぅ……」

唇で乳首を挟み込んで舌を転がしてみた。

「ああっ……あふっ……んん……んっ……」

「気持ちいいの？」

陽介は舌の動きを休めて雪の顔をのぞきこんだ。

雪は恥ずかしそうに頷く。

「きっと……陽介が触れているから……気持ちが良くて……それでいて、安心できるの……」

陽介はいとおしげに雪の髪をくしゃっと撫でた。

胸の愛撫《あいぶ》を続けながら、片手でショーツに触れる。

ショーツの上からでも、すでにそこが湿っているのが分かった。

「濡《ぬ》れてる……」

「いや、言わないで……」

割れ目にそって指でなぞると、雪はびくんと跳ねた。

「ああ……っ」

さらに執拗に愛撫を続けると、雪は涙目になっていた。

「あんっ……ようす……け……っ！」

ショーツを取ると、雪の秘部が露になった。

薄い陰毛を掻《か》き分けて、陽介はそこに舌を這わす。

「はあっ、駄目そこはっ……ああんっ！　ああっ！　んんっ！」

雪の喘《あえ》ぐ声がさらに激しくなっていく。

舌をすぼめてクリトリスにせわしなく刺激を与える。

「ああんっ！　陽介……あっあああっ！　あっあ～っ～～っ！」

雪はのけぞるようにして激しく痙攣《けいれん》した。

しばらくの間呼吸を整えてから、雪は拗《す》ねたような目で陽介を見つめた。

「イったのか？」

雪は小さく首を動かしてそれに答えた。

「これがイクってことなのかな。でも……すごく気持ちが良かったの。はじめてなのに……」

「俺だってはじめてさ」

「本当に？」

「本当だってば」

雪はくすっと笑って陽介の背に腕をまわす。

「ねえ、あたしが今、どれくらい幸せか分かる？」

陽介が返答に戸惑っていると、雪は再び笑った。

「もっと幸せにして。ずっとずっと幸せにして欲しいの。陽介の手で」

雪の腕がぎゅっと陽介の体を抱きしめた。

それがどういうことを意味しているのか、陽介にも分かった。

もう一度唇を重ね合わせた二人は、再びベッドで重なり合う。

陽介のモノは再び硬くなっていた。

指先で雪の割れ目に触れてみる。

そこも十分に潤っていた。

少し緊張している雪の顔……。

いとおしそうに陽介は撫でる。

自分の牡《おす》を雪の裂け目にあてがって、陽介は腰を押し進めた。

微《かす》かな抵抗を感じて雪を見ると、少し辛そうに顔を歪めていた。

「いいの……陽介……きて……」

雪は痛みを堪《こら》えるように声を振り絞った。

ためらいがちに陽介はさらに奥をめざす。

ぷつりとその抵抗が音を立てた。

「あんっ！」

雪の表情が痛みを訴えている。

「大丈夫……大丈夫だから……」

そう言って雪は手を差し伸べて、陽介を引き寄せた。

「んっあっ……」

雪とつながった部分からは、薄く赤いものが流れていた。

「よう……すけ……大丈夫だから……動いて……」

陽介は遠慮がちにゆっくりと腰を前後に動かしてみる。

「あっはぁ……っ……陽介……中にいる……一緒に……」

次第に抵抗が和らいで、中にも潤いが満ちてきた。

滑りのよくなった雪の中で、陽介は徐々にスピードを上げていく。

「陽介……陽介！」

夢中で名前を呼びながら、雪は陽介にしがみついた。

さきほどまでの鋭い痛みは薄れ、代わりに別のものがこみ上げてくる。

それは体の奥から溶けてしまいそうなほどの——。

「あああんっ……んっ……あぁっ！」

雪の声が高く激しくなるのに合わせて、陽介も限界を迎えようとしていた。

「雪っ……雪っ……」

「陽介〜っ……あああっ！　きちゃうっ！　きちゃうっ！　おかしくなっちゃう！　あぁ〜〜っ!!」

すんでのところで陽介は自分のモノを雪の中から引きぬく。

雪の体に白い飛沫《しぶき》が飛んだ。

荒い息遣いだけが部屋に満ちている。

「陽介……」

もう幾度呼んだか分からない名前を呟いて、雪は腕を伸ばす。

「気持ち……よかったのか？」

「うん……」

「はじめてだったのに？」

「だって女の子はね……好きな人の腕の中にいるだけでエクスタシーを感じるのよ」

その言葉が嬉しくて、陽介は雪を抱きしめた。

「雪……愛してる……」

「あたしも……こういうことするの……陽介だけだから……これからもずっと……」

エピローグ

それから数年の月日が経《た》った。
豪奢《ごうしゃ》な広い邸《やしき》の庭隅に小麦の姿があった。
「あら、お嬢様《じょうさま》、何を燃やしているんですの？」
メイドに尋ねられて小麦は振り返った。
「『子供だった自分』かな」
少しだけ大人《おとな》びた顔が笑う。
小麦の言葉にメイドは首を傾《かし》げた。
最後まで渡そうかどうか迷った手紙。
でも、渡さなくて良かったと小麦は思った。
あの事件の夜、小麦はこの手紙を渡すかどうか最後まで悩んでいた。
事件がなければ、陽介の部屋にそっとしのばせていたかもしれない。
炎の中に、小麦が書き綴《つづ》った文字が消えていく。

——お兄ちゃんへ
小麦は本当はお兄ちゃんのことが好きでした。
それはお兄ちゃんとしてでなくて一人の男の人としてお兄ちゃんが好きでした。
でも、お兄ちゃんが見ていたのはお姉ちゃんでした。

小麦はいつまで経ってても妹のまま。

とても悲しくて辛《つら》くて、小麦はこれ以上、お兄ちゃんの傍《そば》にいてはいけないと思いました。

記憶喪失になってても、お兄ちゃんはお姉ちゃんばかり見てたよね。

やっぱりお姉ちゃんにはかなわないんだな。

お姉ちゃんは自分よりも小麦のことをすぐに考えてしまう人だから、きっと小麦が傍にいたらお姉ちゃんは素直になれないと思います。

だから、小麦は理事長先生が紹介してくれたところへ養女に行こうと思います。これ以上、重荷にならないように。

お兄ちゃん、お姉ちゃんと幸せになってね。

小麦より――

養女に行くと決めた時に、小麦はこの手紙を書いていた。

自分で決めたことなのに、陽介や雪から離れたくない気持ちが抑えきれなくて。

はじめは二人に悪く思われてもいいと思っていた。

自分だけいい生活がしたかったとか、よくできた姉だけでは不満でやっぱり両親が欲しかったとか。

本当にそう思われてもよかった。

そのつもりで二人にいっさい事情を話さなかったのだから。

でも、直前になってその決心が揺らいだ。

このまま二度と陽介にも雪にも会えなくなってしまうかもしれない。

二人は自分の決断を許してはくれないかもしれない。

その気持ちが小麦に子供じみた方法をとらせてしまったのかもしれない。

けれどもあの夜にあの事件があって……。

結局、小麦は手紙を渡すことができなかった。

もしもこの手紙を渡してしまっていたなら、いま小麦の手の中にある物も送られてくることはなかっただろう。

正直に言えば、手紙に書いた気持ちは本当だった。

でも、二人がこの手紙を見ていたら、ひょっとすると小麦に罪悪感を抱いて結ばれることもなかったかもしれない。

少し大人になった今だから分かる。

手の中にある真っ白い招待状の二人の名前を見て小麦は微笑《ほほえ》んだ。

「さよならです、お兄ちゃん……」

エピローグ

その日の空はみごとに澄みきっていた。

影月が炎となって燃え尽きた教会。

その跡地に理事長の寄付で新しい教会が建てられた。新しい神父を迎え、正規の教会として今後も運営されていくことになったという。

そこではいま、一組のカップルが神の祝福を受けて結ばれようとしていた。

バージンロードを歩く新婦の傍《かたわ》らにいるのは、新婦の父親ではなく小麦だった。

一緒に、神父の前で待つ新郎の元へ、ゆっくりとかみ締めるように、一歩ずつ歩をすすめる。

新郎の前にたどり着くと、小麦の腕から新郎へ、雪は委《ゆだ》ねられた。

新郎は新婦のヴェールをそっと上げる。

真っ白なドレスを身に纏《まと》った雪……。

とても綺麗《きれい》になったなと、陽介はその姿を見て思う。

「二人ともすごく素敵だよ」

小麦は小さな声で言って笑った。

二人は照れくさそうに笑って、神父のほうに向き直る。

誓いの言葉を述べた後、永遠を約束し合うためのキス——。

列席から祝福の拍手が贈られた。

陽介は思い起こす。

凄惨《せいさん》な事件の現場となったこの教会――。

今でもあの事件の記憶は消えることがない。

今となっては、と陽介は思う。

あの夜……この場所で天に召された不幸な男の魂が、少しでも安らげることを祈り続けたい――。


式を終えた二人が教会の外に足を踏み出すと、見慣れた顔が花の雨を降らす。

石段の脇《わき》に並んでいるその顔は、学校で世話になった先生や同級生たち。理事長や若葉の姿も見える。

「陽介くん、雪ちゃん、おめでとう」

「おめでと」

真っ先に迎えてくれたのは、楓と萌之丞のカップルだった。二人はこの同じ教会で、再来月に式をあげることが決まっている。

「ありがとう」

雪は微笑んだ。

「次はお前たちだもんな」

陽介が茶化すように言うと、二人は照れて顔を赤らめた。

石段の途中で立ち止まって、雪はブーケを投げる。

まるで吸いこまれるように、それは小麦の手の中に落ちた。

「次は小麦の番ね」

雪がそう言って笑うと、小麦は軽く目配せした。

「お姉ちゃんよりも素敵な人、見つけるからね」

いちめんのフラワーシャワーの中で、雪は陽介にそっと囁《ささや》いた。

「ねえ、お願いがあるんだけど」

雪は微笑んだ。

「あの時みたいにあたしを抱いて歩いて」

陽介は雪を軽々と抱き上げ、祝福の中を歩く。

二人の幸せはここで終わることはない。

ここからまたはじまっていく。

Never Ending White……

終わりのない純白の未来へと二人は歩き始めた——。

end

あとがき

はじめまして、七海友香と申します。お見知りおきをいただけると嬉しいです。

実は男の子向けの小説というものを書くのが、私はこの作品がはじめてだったんです。

そこで男の子の友達にいろいろ聞いたりしながら、お勉強させていただきました。さすがにエッチの部分までは聞けなかったので、そこは自主学習？

しかもメイドさんって……。メイドさんの学校ってなに？　などと思いながら、悪戦苦闘してたんですが、実は日本にはメイドさんの学校というのが昔本当にあったんですね。ビックリしました。イギリスにも執事専門の学校、というのがあったらしくて。いろいろ調べているうちにそういう発見もできたりして。

とにもかくにも、駆け出しの七海にとっては、とてもお勉強させていただくことの多かった作品でした。


今回はいろんなヒロインのいろんなお話の中から、雪と陽介という幼なじみの恋のお話を中心に書かせていただきました。

すごく個人的な話になりますが、私の初恋の相手も幼なじみだったんです。そして、はじめての失恋もその幼なじみの子なんです。

絶対にS君のお嫁さんになる、と信じて疑わなかったんですが、ある日その幼なじみのS君は、幼稚園の先生に告白をしてしまったんです（しかも私のクラスの……）。

めちゃショックで、おばあちゃんの家に行って泣いたことを今でも覚えています。

もう大人になった今も、彼女のいなかった男友達に突然相手ができると、なーんとなく寂しい気持ちになることがあります。そんなことってないですか？

それは気軽に飲みに誘えなくなってしまうっていう現実の寂しさと、自分の知らないその男の子のいろんな面を、彼女になった女の子は見るんだろうなあっていう羨ましさとがあるように思います。

そういう類のことは口にしては言いづらくて、でもそういう気持ちって絶対に誰でもあるはず！と思うのは私だけなんでしょうか（汗）。


話は本題に戻りますが、私の幼なじみへの恋っていうのは、先にもお話した通り、幼稚園の頃にとっくに済んでしまっていることなんですが、このお話の雪と陽介は、それが十何年も続いてきているわけで。若葉先生に告白したとかいうのはありましたが、雪と陽介は異性として本気で意識したはじめての相手同士だったんじゃないかなと思います。

そう考えると、相手の変化に対するショックとか動揺とかためらいっていうのは、お互いに大きくて、そしてそれを素直には言えないんだろうなあ、などと勝手に想像をしながら今回のお話を書いていました。

ゲームの中では、私は楓のシナリオもすごく好きだったんですが、小説の中では萌之丞君と結ばせてみたりなんかしました。きっと彼はいい人だぞ！　幸せになってね〜。などとごくいい加減なエールを送りつつ。個人的希望として禁断の萌×陽介もやってみたかったんですが、ジャンルが違いますしね（笑）。

こうしていろんな恋のカタチを眺めながら、私自身もいつまでも良い恋愛をしていきたいなあと感じました。実るものも実らないものもあるかもしれませんが、人を好きになる気持ちはとても大切だなと日々実感します。

最後になりましたがこの本を読んでくださり、本当にありがとうございました。月並みな言葉ですが、今後ともどうぞよろしくお願い致します。

2002年3月　　七海友香

new～メイドさんの学校～

2002年 3 月25日 初版第 1 刷発行

著　者　七海 友香
原　作　SUCCUBUS
原　画　如月水＆大泉だいさく

発行人　久保田 裕
発行所　株式会社パラダイム
〒166-0011東京都杉並区梅里2-40-19
ワールドビル202
TEL03-5306-6921 FAX03-5306-6923

装　丁　妹尾 みのり
印　刷　株式会社シナノ

既刊ラインナップ

定価 各860円+税

1 悪夢～青い果実の散花～
2 脅迫
3 痕～きずあと～
4 慾～むさぼり～
5 黒の断章
6 淫従の堕天使
7 Esの方程式
8 歪み
9 悪夢 第二章
10 瑠璃色の雪
11 官能教習
12 復讐
13 淫Days
14 お兄ちゃんへ
15 緊縛の館
16 密猟区
17 淫内感染
18 月光獣
19 告白
20 Xchange
21 虜2
22 飼
23 迷子の気持ち
24 ナチュラル～身も心も～
25 放課後はフィアンセ
26 骸～メスを狙う顎～
27 朧月都市
28 Shift!
29 いまじねぃしょんLOVE
30 ナチュラル～アナザーストーリー～
31 キミにSteady
32 ディヴァイデッド
33 紅い瞳のセラフ

34 MIND
35 錬金術の娘
36 凌辱～好きですか？～
37 MydearアレながおじさんЗ
38 狂＊師～ねらわれた制服～
39 UP!
40 魔薬
41 臨界点
42 絶望～青い果実の散花～
43 美しき獲物たちの学園 明日菜編
44 淫内感染～真夜中のナースコール～
45 MyGirl
46 面会謝絶
47 偽善
48 美しき獲物たちの学園 由利香編
49 せ・ん・せ・い
50 sonnet～心かさねて～
51 リトルMyメイド
52 flowers～ココロノハナ～
53 サナトリウム
54 はるあきふゆにないじかん
55 プレシャスLOVE
56 ときめきCheckin!
57 散櫻～禁断の血族～
58 Kanon～雪の少女～
59 セデュース～誘惑～
60 RISE
61 虚像庭園～少女の散る場所～
62 終末の過ごし方
63 略奪～緊縛の館 完結編～
64 Touchme～恋のおくすり～
65 淫内感染2
66 加奈～いもうと～

67 PILE・DRIVER
68 Lipstick Adv.EX
69 Fresh!
70 脅迫～終わらない明日～
71 うつせみ
72 Xchange2
73 M.E.M.～汚された純潔～
74 Fu・shi・da・ra
75 絶望～第二章～
76 Kanon～笑顔の向こう側に～
77 ツグナヒ
78 ねがい
79 アルバムの中の微笑み
80 ハーレムレーサー
81 絶望～第三章～
82 淫内感染2～鳴り止まぬナースコール～
83 螺旋回廊
84 Kanon～少女の檻～
85 夜勤病棟
86 使用済～CONDOM～
87 真・瑠璃色の雪～ふりむけば隣に～
88 Treating 2U
89 尽くしてあげちゃう
90 Kanon～the fox and the grapes～
91 もう好きにしてください
92 同心～三姉妹のエチュード～
93 あめいろの季節
94 Kanon～日溜まりの街～
95 贖罪の教室
96 ナチュラル2 DUO 兄さまのそばに
97 帝都のユリ
98 Aries
99 LoveMate～恋のリハーサル～

最新情報はホームページで！ http://www.parabook.co.jp

100 恋ごころ 原作：RAM 著：島津出水
101 プリンセスメモリー 原作：カクテル・ソフト 著：島津出水
102 ぺろぺろCandy2 Lovely Angels 原作：ミンク 著：雑賀匡
103 夜勤病棟 ～堕天使たちの集中治療～ 原作：ミンク 著：高橋恒星
104 尽くしてあげちゃう2 原作：トラヴュランス 著：内藤みか
105 悪戯Ⅲ 原作：インターハート 著：平手すなお
106 使用中～W.C.～ 原作：ギルティ 著：萬屋MACH
107 せ・ん・せ・い2 原作：ディーオー 著：花園らん
108 ナチュラル2 DUO お兄ちゃんとの絆 原作：フェアリーテール 著：清水マリコ
109 特別授業 原作：BISHOP 著：深町薫
110 Bible Black 原作：アクティブ 著：雑賀匡
111 星空ぷらねっと 原作：ディーオー 著：島津出水
112 銀色 原作：ねこねこソフト 著：高橋恒星
113 奴隷市場 原作：ruf 著：菅沼恭司
114 淫内感染 ～午前3時の手術室～ 原作：ジックス 著：平手すなお

115 懲らしめ 狂育的指導 原作：ブルーゲイル 著：雑賀匡
116 傀儡の教室 原作：ruf 著：英いつき
117 インファンタリア 原作：サーカス 著：村上早紀
118 夜勤病棟 ～特別盤 裏カルテ閲覧～ 原作：ミンク 著：高橋恒星
119 姉妹妻 原作：13cm 著：雑賀匡
120 ナチュラルZero＋ 原作：フェアリーテール 著：清水マリコ
121 看護しちゃうぞ 原作：トラヴュランス 著：雑賀匡
122 みずいろ 原作：ねこねこソフト 著：高橋恒星
123 椿色のプリジオーネ 原作：ミンク 著：前薗はるか
124 恋愛CHU！彼女の秘密はオトコのコ？ 原作：SAGA PLANETS 著：TAMAMI
125 エッチなバニーさんは嫌い？ 原作：ジックス 著：竹内けん
126 もみじ「ワタシ…人形じゃありません…」 原作：ルネ 著：雑賀匡
127 注射器2 原作：アーヴォリオ 著：島津出水
128 恋愛CHU！ヒミツの恋愛しませんか？ 原作：SAGA PLANETS 著：TAMAMI
129 悪戯王 原作：インターハート 著：平手すなお

130 水夏～SUIKA～ 原作：サーカス 著：雑賀匡
131 ランジェリーズ 原作：ミンク 著：三田村半月
132 贖罪の教室BADEND 原作：ruf 著：結字糸
133 -スガタ- 原作：May-Be SOFT 著：布施はるか
134 Chain 失われた足跡 原作：ジックス 著：桐島幸平
135 君が望む永遠 上 原作：アージュ 著：清水マリコ
136 学園～恥辱の図式～ 原作：BISHOP 著：三田村半月
137 蒐集者～コレクター～ 原作：ミンク 著：雑賀匡
138 とってもフェロモン 原作：トラヴュランス 著：村上早紀
139 SPOT LIGHT 原作：ブルーゲイル 著：日輪哲也
142 家族計画 原作：ディーオー 著：前薗はるか
143 魔女狩りの夜に 原作：アイル 著：南雲恵介
144 憑き 原作：ジックス 著：布施はるか
146 月陽炎 原作：すたじおみりす 著：雑賀匡
151 new～メイドさんの学校～ 原作：SUCCUBUS 著：七海友香

〈パラダイムノベルス新刊予定〉

☆話題の作品がぞくぞく登場！

152.はじめての おるすばん

ZERO　原作
南雲恵介　著

しおりとさおりは双子の女のコ。ある日母親が交通事故で一日入院、隣家の大学生宏とお留守番することになった。その日から、ふたりは優しいお兄ちゃんにイケナイことを教えられ…。

149.新体操（仮）

ぱんだはうす　原作
雑賀匡　著

闇の新体操―淫具を使った淫らな競技。白河学園の体育教師・戸黒肉助は、理事長の孫娘であるトモミと共に、新体操部の少女たちを凌辱する『闇の新体操』の指導を始めた！　彼女たちはこの苦痛に耐えられるか!?